郷里松島への長き旅路

西村京太郎

目次

第一章　独立する墓石

1

月刊誌「ジャパン21」の依頼で、森田章人《もりたあきひと》は、仙台《せんだい》にやって来た。

フリーライターの森田は、以前、同じ月刊誌の編集部から、震災の被害が大きかった岩手県の取材を頼まれたことがある。今回は、比較的被害の少なかったといわれる、宮城県仙台市から松島《まつしま》の周辺までをレポートしてくれと、頼まれての取材旅行である。

東北新幹線を仙台で降りる。駅の周辺はほとんど、今回の被災の跡を留《とど》めてはいなかった。

駅周辺の写真を撮ってから、仙石《せんせき》線で松島に行ってみることにした。前に新聞で、松島遊覧の船が、今回の震災によって壊されたという記事を読んだことがあったからである。

松島海岸駅で降りて、森田は、駅前でタクシーを拾った。展望台へ登って貰《もら》う。

しかし、松島周辺も、仙台同様ほとんど被災の跡を留めていなかった。松島遊覧の観光客も、かなりの数が来ていたし、沈んだといわれる観光船も、純白の優雅な船体を見せて、松島湾に浮かぶ島々の間を、ひっきりなしに走っていた。

ただ、運転手の話では、歴史で有名な瑞巌寺《ずいがんじ》だけは、修理中だという。

「それじゃあ、これから奥松島のほうに行ってみてくれないか?」

森田は、タクシーの運転手に、いった。

車が、海岸通りを北に向かって走っていくと、次第に、穏やかな海辺の景色が消えていった。

代わって、森田の目に飛び込んできたのは、荒涼とした被災地の光景だった。

海岸に沿ってかなりの幅で、何もない空き地が続く。震災前そこには、人々が生活を営んでいて、何軒もの家があったに違いない。それが今は、一面の荒れ野である。

その姿は、岩手県の海岸線に広がる荒れ地に、よく似ていた。

かつてそこには小さな漁港があり、漁船が並び、水産試験場があり、海産物の加工施設があった。あるいは、町役場があって、そして、それを囲むように人々の住む町が、広がっていたに違いないのである。

しかし、今や、そのいずれもが消え去っていた。

今、そこに残っているのは、人々の住んでいた家々のコンクリートの土台だけだった。そして、人々は、生まれ育った海辺を捨てて、高台に造られた仮設住宅に住んでいるという。

そうした光景は、前に取材した岩手のそれと全く同じだった。

「震災前に、ここに住んでいた人たちは、どうするつもりなんだろう？　いつかまた、ここに家を建てて戻ってくるつもりなんだろうか？」

森田が、運転手に、きいてみた。

「ここの住民はみんな、出来ることなら、元のところに戻って、そこに住みたいと思っていますよ。この私も、ここの生まれなんでそう思っていますがね。妹は、あの震災の時、この近くのコンビニで働いていて、津波で亡くなったんです。ここは、楽しい思い出もたくさんある代わりに、辛《つら》い思い出もあるんで、もう一度、ここに住みたいような、もう二度と住みたくないような、そんな複雑な心境ですよ」

と、タクシーの運転手が、いう。

「そうか、あの震災の時は、いろいろと大変だったんだ。それで、今、何処に住んでいるの？」

「高台の仮設に住んでいます」

海岸からその高台までの間は、荒涼たる荒れ地である。ところどころに雑草が茂ってしまっているが、それを取り除こうとする人は、いないのだろうか？

その荒れ地の真ん中を、道路が一本通っていて、そこだけはトラックや乗用車が走っているが、そのほかの荒れ地は、人の気配がないから、文字どおり死んでしまっているように見える。

「あれは何？」

急に、森田が、窓の外を指差した。

そこには、墓石が何基も建っている一角があった。

タクシーの運転手が、笑って、

「お客さん、あれは見てのとおりの、墓地ですよ。お墓が、かたまって建っているのが見えるでしょう？」

たしかに、運転手がいう通り、黒っぽい墓石の並ぶ墓地である。だが、どこか普通の墓地とは、感じが違うのだ。

「地震と津波に襲われた時、あの墓地は、どうだったの？」

森田が、きいた。

「それはもう、ひどい状況でしたよ。墓石というのは、土台にきちんと取り付けてあるんじゃなくて、ただ土台の上に、載せてあるだけでしょう？　だから、地震と津波で、全部の墓石が流されてしまったんです。それを一つ一つ捜し出して、元の場所に戻すだけでも、大変な作業でした。最近になって、やっと墓地らしくなってきたんですけどね。この間までは、ところどころの墓石が見つからなくて、それはもう寂しいものでしたよ」

と、運転手が、いった。

その墓地の一角に五、六人の人影があって、線香の煙が上がっているのが見えた。

それでも、どこか墓地らしくない。

タクシーが近づいていって初めて、森田は、やっとその理由が分かった。

肝心のお寺の建物が、ないのである。

地震と津波で、古いお寺の本堂が壊れて、そっくり流されてしまい、今、住職は、高台の仮設住宅で暮らしているのだという。

お寺がなくて、墓地だけがある。その墓地も塀が流されて、墓石がむき出しになっているから、何となく、お寺という厳かな空気が、見る人に伝わってこないのだ。

「どうします？」

と、運転手が、きいた。

「そうだな、一応、ここで降りようか。ちょっと見てくる」

森田は、タクシーを降りて、墓地の中に入っていった。

塀もなく、お寺の建物もない。ただ、墓石だけが何基も、ひっそりと並んでいる。冷静に見れば、異様な感じである。

「私の家の先祖代々のお墓も、ここにあるんですよ」

運転手が、いった。

「檀家《だんか》の皆さんは、この墓地をどうするつもりなんだろう？」

「それについては、いろいろと意見があるみたいですよ。高台に移転しようという人もいるし、このお墓に入っている仏さんたちは、みんな海を見て育ち、海で死んでいったんだから、これまで通り、この海辺の墓地に葬ってあげておいたほうがいいという人もいるんです。意見が、なかなかまとまらないのですよ。それに、何処かに移すとしても、そのためのお金がありません。お寺だって新しい本堂を造るとすると、大変なお金がかかりますからね。そんなわけで、しばらくは、このままということになるんじゃありませんか」

と、運転手が、いう。

その時、森田は、一基だけ、少し離れた場所に建っている墓に気がついた。

かなり立派な大きな墓石である。

なぜ、その墓石だけが、ほかの墓石と離れて建っているのか、森田は、不思議な気がした。

「この墓石一つだけが、ポツンと離れて建っているけど、どうしてなの？」

と、森田が、きいた。

「私も、よく知りませんね。私が子供の頃から、このお墓だけが離れて建っていましたから」

森田は、その立派な墓石に、もう一度、目をやった。

ほかの墓石に比べて、三倍か四倍くらいは大きい感じの、堂々とした立派なものである。

森田が近づいて墓石を見ると、そこには小さく遠慮がちに、「立川《たちかわ》家之墓」と、刻んであった。

しかし、よく見ると、墓石には、明らかに削られた跡があった。削った跡に、小さく、「立川家之墓」と、彫り直しているのだ。

どう見ても、その文字は、その立派な墓石に比べて、小さくて貧弱だった。おそらく、もともと、もっと大きな堂々とした文字で、何々家之墓と書かれていたのだろう。

それが、どんな理由があったのかは分からないが、誰かが、その文字を削って、新しく彫り直したとしか思えない。

さらに車で百メートルほど進むと、同じような寺のない墓地が、眼に入った。

同じくらいの墓石の数である。ここも同じように、地震と津波で寺が消失し、墓石が倒れてバラバラになっていたのを、何とか元に戻したのだと、運転手がいった。

昔から、この辺りの人たちは、海の見える所に、先祖を祀《まつ》る墓地を造っていたのだろう。そのために、寺が失われ、塀が壊され、墓石がバラバラに倒され、流されてしまったのだ。

こちらのほうは、墓石は一ヶ所に固まっていて、一つだけ離れていることはなかった。それだけになおさら、森田は、一つだけポツンと離れている墓石のことが気になった。

「これから、何処に行かれます？」

と、運転手がきく。

「さっきの墓地のほうだが、たしか、住職が、高台の仮設住宅に住んでいると、いったね？」

「そうですよ。お願いすると、あの墓地までやって来て、お経を上げてくれますよ」

「それじゃあ、仮設住宅に行ってくれ。その住職に会いたい」

と、森田は、運転手に、いった。

2

タクシーの運転手が連れていってくれた場所には、数十軒の仮設住宅が固まって建っていた。そのうちの二軒をつないで、小さなコンビニが出来ている。

仮設住宅のいちばん奥に、海辺にあった千輪寺《せんりんじ》の住職が住んでいた。

六十代に見える小柄な、いかにも人のよさそうな住職である。森田が、今、墓地に行ってきたというと、

「それは、ありがとうございます。何とかして、あの場所に、小さなものでもいいから、本堂を再建したいと思っているんです。お寺の本堂がなく、墓地だけというのは、檀家の皆さんに対して申し訳ありませんので」

「あの墓地の、一つだけ離れた場所に、かなり大きなお墓がありましたが、あのお墓は、どんな方のお墓なんですか?」

「ああ、あのお墓ですか。あれには『立川家之墓』と書いてあったでしょう?　ご覧

になりましたか？」

「ええ、見ました。たしかに、そう書いてあるのは分かりましたが」

「その通りあれは、立川家の代々のお墓ですよ」

と、住職が、いった。

だが、森田には、住職のいい方が、少しばかり力がないように感じられた。

というより、あの墓石については、話をしたくないというような、そんな感じが見えたのである。

「あのお墓ですが、前に彫ってあった文字が消されて、そのあとに、新たな文字が彫り直されていますよね？　まるで、素人が彫ったような貧弱な、小さな文字が並んでいました」

「しかし、あの墓は、今回の震災とは、何の関係もありませんよ」

と、住職が、いう。

「たしかに、ずいぶん古い墓石のように見えましたから、三年前の震災とは関係がないことは分かりましたが、一つだけ離れているのが、気になりましたね」

「あなたが、いったい、どんなことを気になさっているのかは分かりませんが、あそこに彫られている通り、立川家の先祖代々のお墓なんですよ。それで何の問題もないんじゃありませんか？」

「あの大きな墓石には、『立川家之墓』と彫ってありましたが立川家の人たちは、この仮設住宅にいらっしゃるんですか？」

「いや、立川さん一家は、もうここにはいませんよ。今回の震災前に、何処かに引っ越されてしまっていますから」

　と、住職が、いう。

「それでは、何処に引っ越していったのか分かりませんか？」

「残念ながら、分かりませんね」

「あの墓石には、前には何という文字が彫ってあったんですか？」

「私には、そういう昔のことは、何も分からんのですよ」

　と、住職が、いう。

「しかし、住職さんは、もう何年も、あの千輪寺の住職をなさっておられるわけでしょう？」

「そうですね、かれこれ、もう十五年になりますかね」

「それでも、あの墓石に、前に何という文字が彫ってあったのかは、ご存じないんですか？」

「そうです。私が、この寺に来る前に、ここで何かあったらしいことは耳にしていますが、具体的に、どんなことがあったのかは知りません」

目の前にいる人のよさそうな住職が、本当に、あの墓石について何も知らないのか、それとも、何かを隠しているのか、森田には、見当がつかなかった。

森田という男は、昔から、分からないことを分からないままにしておくことが、何よりも嫌いな性格である。だから、月刊誌に頼まれた取材とは、少しばかり離れてしまうことになるとは思っても、あの奇妙な墓石について、事情を知っている人に会って話を聞きたくなった。

あの寺のある場所は、宮城県奥松島のK町である。

そのK町の町役場も、津波で流されてしまったので、高台の仮設住宅を二軒分使って、臨時の町役場を開いていた。

森田は、そこに行き、問題の立川家という家のことをきいてみることにした。

「たしかに、立川さん一家は、このK町に住んでいらっしゃったんですが、かなり前に引っ越しをされてしまって、今は、何処にお住まいになっているのか全く分からないのですよ」

町役場の職員が、いった。

「しかし、こちらは町役場でしょう？　それでも、移転先が分からないんですか？　住民票を確認すれば、すぐに分かるんじゃありませんか？」

森田は、少しばかり意地になっていた。

「それがですね、住民票移転をしないで、何処かに引っ越ししてしまわれたので、こちらでも全く分からず、困っているんですよ」

「立川さん一家というのは、ここでは、何をなさっていたんですか？」

「漁業ですよ。船を一艘《そう》持って、毎日漁をされていたそうです」

森田の相手をしてくれている役場の職員は、二十代に見えるが、はっきりとものをいう女性だった。

それなのに、なぜか、立川さん一家が今、何処にいるのかときくと「分からない」、「知らない」を連発する。

「失礼ですが、あなたも、このK町のご出身でしょう？」

「ええ、もちろんそうです」

「それなら、この立川さん一家には、千輪寺に、先祖代々のお墓があることは知っていた筈《はず》ですよね？」

「ええ、知っています。私の家のお墓も、千輪寺にありますから」

「それでは、千輪寺にある立川さん一家のお墓が、普通のお墓よりも大きくて、ほかのお墓とは離れた場所にあることも、ご存じですよね？」

「ええ、時々見ていましたから、知っております」

「どうして、あの立川さんのお墓だけが、ほかのお墓とは離れた場所に建っているんですか？　あなたは、その理由をご存じないのでしょうか？」

「そういう昔のことは、私はまだ若いので、何も分かりません。ごめんなさい」

「それでは、この町の町長さんならどうでしょう？　理由をご存じでしょうか？」

「さあ、どうでしょうか。町長に、直接、お聞きになってくれませんか」

森田は、臨時の町役場の奥にいる町長に、目をやった。おそらく、五十代の後半といったところだろう。それならば、問題の答えを知っているかもしれない。

森田は、今度は、町長のところに行って名刺を差し出した。

「今日、ある雑誌社の仕事で、東京からこちらに来ました。松島から奥松島のほうを廻《まわ》ったんですが、千輪寺というお寺の墓地を見ました。その時に、一つだけ離れた場所にあった、大きくて立派な墓石を見つけて、それが気になって仕方がないのですが、墓石には『立川家之墓』と彫ってありました。どうして、その立川家のお墓だけ、離れた場所に建っているんでしょうか？　町長さんなら、その理由が、お分かりになるのではありませんか？」

「墓地というのは、基本的に、場所さえ空いていれば、自分の好きなところを自由に購入出来ますからね。立川家の方が、昔、ほかのお墓と少し離れた場所が気に入って、そこを買ったんじゃありませんか？　私はそう思っていますが」

と、町長が、いう。

その後、森田が、ほかに二つ三つと質問をしても、町長は、それ以上のことは、何も知らないという。

「立川家の人が、あのお寺にお墓を建てたのは、どのくらい前の話なんでしょうか？」

森田が、最後にきいたが、

「申し訳ありませんが、それもよく分かりません。私も町長になってから、まだ五年しか経っていませんから、それ以前のことは、知らんのですよ」

と、町長は、首を横にふった。

それでも昔の書類から、立川家が、立川正義《まさよし》・里子《さとこ》夫妻と、息子の勝利《かつとし》、安男《やすお》の四人家族だったことは、教えてくれた。

3

森田は、いったん仙台に戻り、駅前にあるビジネスホテルで一泊することにした。

翌日、森田はもう一度、奥松島へ出かけた。

駅前のタクシー会社に行ってみると、昨日の運転手が、空いていたので、今日ももう一度、そのタクシーに乗ることにした。

若い運転手は、もちろん昨日のことをまだよく覚えていて、森田に向かって、

「海岸近くの千輪寺の墓地ですが、立川家のお墓について、何か、分かりましたか？」

と、きいてきた。

「いや、ダメだね。何も分からないよ。私が気になるのは、なぜ、あの墓だけ離れた場所に建っているのか？　それから、明らかに、前に彫った文字を削り取って、小さく『立川家之墓』と彫り直しているんだが、どうして、そんなことをしたのか？　その二つの理由が知りたいんだが、誰に聞いても分からない、知らないとしかいわないんだ。いずれにしても、ずいぶん昔の話らしいんだがね」

タクシーが、昨日の千輪寺の墓地のところに着くと、驚いたことに、昨日、仮設住

宅で会った住職が、問題の墓石を掃除していた。

「ご住職も、やっぱり、このお墓のことが気になりますか？」

少しばかり皮肉を利かせて、森田がきくと、住職は、笑って、

「昨日、あなたの話を聞いていて、この墓の掃除を忘れていたことを思い出しましてね。それで今日、早速、こうやって掃除をしているんですよ」

「しかし、このお墓の持ち主である立川さんは、このK町には、いらっしゃらないんでしょう？　何処かに引っ越してしまったと、そう聞いていますが」

「ええ、そうです。今は、このK町にはいらっしゃいません。それでも、立川さんは、引っ越される時に、永代供養料を払っていかれたんですよ。ですから、きちんとお掃除をして、いつもきれいにしておかないと、バチが当たります」

と、住職が、いった。

立川家のお墓の掃除を済ませた住職がいなくなると、森田は、自分のカメラを取り出して、問題の墓石を何枚も写真に撮っていった。

何十枚かの写真を撮り終わってから、森田は大きな墓石に目を向けた。

「こうやって改めて見てみると、本当に大きいな」

と、森田が、つぶやく。

ほかの墓石は、だいたいが同じ大きさである。それに対して、こちらの立川家の墓は、その数倍の大きさである。ほかの墓石のほうは、いくら見て廻っても、ほとんどが同じ大きさで、際立って大きなものは、見当たらなかった。

それなのに、立川家だけは、離れた場所に、ほかの墓の数倍もあるような大きな墓を建てたのである。

そもそも、小さな地方都市では、みなと同じ大きさの墓を造るのが普通なのではないか？　もし、際立って立派な墓を造ったりすれば、間違いなく顰蹙《ひんしゅく》を買ってしまうだろう。

だから、百メートルほど先にあるもう一つの墓地では、そこに並ぶ墓は、ほとんど同じ大きさだった。

それなのに、立川家では、ほかの墓の数倍の大きさの墓石を造り、それを少し離れた場所に建てたのである。なぜ、そんな目立つことをしたのか？

森田がこの町で調べた限りでは、立川家というのは、このK町のほかの人たちと同じ漁師である。小さな漁船を一艘だけ持っている、ごく普通の家で、特に金持ちの家というわけでもなかったらしい。

森田は、タクシーに戻ると、運転手に向かって、

「たしか、君も、このK町の人間だといっていたね？」

「ええ、そうです」

「それなら、一つ質問をしたいんだが、K町には、特別に金持ちがいるのかね？」

「いや、この町には、そんな特別な金持ちなんか、一人もいませんよ。ですから、誰もが今も、あの狭い仮設住宅で我慢しているんです。このK町の人間で、震災後に自分の力で新しく家を建てた人は、一人もいないんじゃありませんかね」

「そうすると、町の中で、自分の家だけが、ほかの家よりも贅沢《ぜいたく》な、あんな大きなお墓を建てたりすれば、顰蹙を買ってしまうんじゃないのかな？　ほかの人たちから妬《ねた》まれたり、陰口をいわれたりするんじゃないかな？」

「そうですね。たしかに、この辺の人々は皆さん、自分のところだけ、大きな家を造ったりすることはしませんね。出る杭《くい》は打たれるということで、あまり突出しないのが、うまくやっていく秘訣《ひけつ》ですから」

「このK町の人が、お墓を造りたいという時は、何処に行って頼めばいいんだ？」

「たしか、荒木《あらき》石材店だったと思いますけどね」

「そうか、よし、今度は、そこへ行ってみてくれ」

と、森田が、いった。

4

街道沿いに、小さな石材店があった。それが荒木石材店だった。

「たしか、今回の地震と津波で、店も家もなくなってしまったと聞いていましたが、また仕事を始めたんですね」

タクシーの運転手が、森田に、いった。

広い庭には、墓石や灯籠《とうろう》などがいくつも並んでいた。

森田は名刺を見せ、三十代の若い、石材店の店主と話をした。

「奥松島のほうに、千輪寺というお寺があるでしょう。昨日、そこの墓地を見てきたんですよ」

森田が、いうと、荒木は、

「ああ、千輪寺ですか。あの寺の墓石なら、ほとんど私のところで造らせて頂いています。ウチは、店も家も、あの津波で全て流されてしまいましたが、あれから三年経って、仕事が、また再開出来ることになりました」

「あの千輪寺の墓地に一つだけ、ほかの墓石の三、四倍はある、大きなお墓がありましたが、ご存じですか?」

「ええ、もちろん知っていますが、私の仕事じゃありません」

「私はあのお墓のことが気になっているんですが、いつ頃何処で造ったものか分かりますかね?」

「実は、私の父と祖父が、今回の震災で亡くなってしまいました。父や祖父ならば、あの大きな墓石について、何か知っていただろうと思うのですが」

「あの大きな墓石は、あなたのお父さんが造られたんですか?」

「多分、そうだと思います。私の父と祖父が協力して、一緒に造ったというような話を聞いたことがありますから」

「あの墓石ですが、よく見ると、前に彫ってあった文字が、削り取られたような跡があるんですよ。削り取って、その跡に、『立川家之墓』と、遠慮がちに彫ってあるんです。最初に彫ってあった文字を削り取ったのも、もしかすると、あなたのお父さんでしょうか? それとも、おじいさんでしょうか?」

「いや、それはないと思います。二人じゃありません」

「どうしてですか?」

「父も祖父も、プライドのあるプロですから、そんなバカなマネは、いくら頼まれてもしないと思います」

「それでは、いったい誰が削り取ったんでしょうか？」

「立川家と関係のない第三者が、そんなことをしていいわけがありませんから、立川家のどなたかが、千輪寺のご住職の了解を得た上で削ったんじゃありませんか？」

と、荒木が、いう。

「どうして、そんなことをしたんでしょうか？」

「それは、私も分かりません。父や祖父からも聞いていませんし、今回の震災で、家にとってあった墓石の設計図なんかも、流されてしまいました」

「私は、削り取られたものが、どんな言葉だったのか、それを知りたいと思っているんですが、何とかして、それを知る方法はありませんか？」

「今も申し上げたように、父と祖父は、今回の震災で亡くなってしまいましたし、書類も全部流されてしまいましたから、詳しいことは分かりませんが、何といっても、お墓ですからね。少なくとも、お墓にふさわしい文字しか彫ってなかった筈《はず》ですよ」

「考えられるのは、例えば、どんな言葉でしょうか？」

「そうですね、何々家之墓、あるいは、何々太郎之墓とか、そんな文字じゃありませんか？」

「しかし、何者かが、あの大きな墓に彫られていた文字を削り取って、そこに新たに『立川家之墓』という文字を彫ったんですよ。今、あなたがいわれたような文字、例えば、立川家之墓の文字を削って、また同じ文字を彫り直したとしても、全く意味がないと思いませんか？」

「確かに、それはそうですね」

「その文字は、あなたが彫ったんでしょうか？」

「いや、違います。私なら、あんな下手くそな文字は彫りませんよ。これでも何年も修業していますからね。私なら、もっときれいで、見栄えのいい字を彫ります。あれは間違いなく、素人が彫ったものだと思います」

と、荒木が、いった。

「あなたは、あの墓石は、家族が造ったものだから、立川家と関係のない第三者が、文字を削り取って彫り直すことは、出来ない。出来るのは、家族だけだと、いわれましたね。だとすると、あの墓石の文字を削り取ったのも、新しく彫り直したのも、全て家族ということになってくると思うんですが、そうなんでしょうか？」

「ほかに考えようがありませんよ。そもそも、せっかく造った墓石の文字を削り取って、そこに新しい文字を彫るなんて、尋常なこととは思えませんからね。もし、そんなことが出来るとすれば、あの墓石を造った人間だけでしょうね」

「このK町では、前にも同じようなことがあったんですか？」

森田がきいてみた。

「私がまだ修業中の頃ですが、一度だけ、戒名を間違えて彫ってしまったことがありましてね。葬式が終わってから気がついたので、責任は百パーセント、ウチのほうにありましたから、全く新しい墓石を造ってお詫《わ》びしました。そんなことがありましたが、その時でも、元の文字を削り取って、彫り直すようなことはしませんでしたよ」

「たぶん、今、あなたがいわれた通りだと思いますね。墓石の字が間違っていれば、それは、彫った人間の責任だから、謝罪して新しく造り直すのが、当然だと思います。しかし、あの大きな墓石の場合は、そうしなかった。なぜでしょう？」

「私にも分かりません」

「最後に、一つだけ教えてください。あの大きな墓石は、いつ頃造られたものなのでしょうか？」

「それは分かりません。今も申し上げたように、父も祖父も、今回の震災で亡くなってしまいましたし、昔の書類などは全部流されてしまいましたから」

と、荒木はくり返した。

5

翌日、森田は、東京に帰った。

雑誌社には、約束した通りの二十枚のレポートを渡したが、問題の墓石については、そこでは一言も触れなかった。

森田自身は、大いに関心があるのだが、今回の震災とは無関係かもしれなかったからである。

森田は、問題の墓石の写真を何枚か、四切の大きさまで引き伸ばしてプリントし、それを部屋の壁に並べて貼っていった。

森田は、その写真を、数時間じっと眺めていた。

最初に考えたのは、墓石に彫ってあった文字のことである。

墓石の文字には、その墓石の大きさにふさわしいサイズというものがある筈である。

そのことを考えると、最初に彫ってあった文字は、何字くらいだったのだろうかと、森田は、計算してみた。

かなり大きな文字で、十文字近くの文字が並んでいたのではないか？

彫り直した小さな文字は「立川家之墓」で、五文字である。そうすると、最初の文字を削って、それと同じ数の文字を並べたわけではないのだ。

最初に彫ってあった文字が、彫り直した文字と同じ「立川家之墓」ならば、五文字である。

森田は、ほかの墓石の写真も撮ってきてある。ほとんどの墓石に彫られた文字は、鈴木家之墓、佐藤家之墓などが多い。そうなると、せいぜい五文字にしかならないのである。

だとすれば、あの大きな墓石に、最初に彫られたのは「立川家之墓」ではなかったのである。

しかし、墓石である。いい加減な言葉とか、無茶苦茶な言葉は彫らないだろう。

だとすれば、一つだけ考えられるのは「立川家之墓」ではなくて、例えば、「立川順三郎《じゅんざぶろう》之墓」というように、故人の名前が彫ってあったのではないだろうか？　これなら、七文字になる。

もし、最初に、「立川正義之墓」と彫っていたとしたら、これも同じく六文字になる。

それでも、辻褄《つじつま》が合うのだが、「立川正義之墓」と彫った墓石の文字を削り取って、何のために、小さく「立川家之墓」と彫り直したのか理由が分からなくなってくる。

一つだけ、理由らしきものを、森田は思いついた。それは、「立川正義之墓」と彫った後で、立川正義が生前、隠してきた犯罪を行っていたことが明らかになってしまったケースである。

それを恥じた立川正義の子孫が、墓の文字を削り、小さく「立川家之墓」に替えたということである。

（これで納得が行くのだろうか？）

森田は、疑問が湧くと、人一倍しつこく、その答えを得ようとする性格だった。

（まだ、どこかおかしい）

と、思った。

あの奥松島のK町で聞いた限りでは、あの大きな墓石を造った立川家というのは、K町の中で、飛び抜けて資産家というわけではなかった。ごく普通の家だった。

あの大きな墓石に彫られた立川正義という人間に、前科が見つかったとする。子孫がそれを恥じて、墓石の文字を削り取ってしまった。しかし、そのあと、「立川家之墓」と彫る気持ちが分からない。

もう一つ考えたのは、あの大きな墓石の値段である。

千輪寺の墓石は、ほとんど全て、自分の店で彫ったという石材屋の若い店主が、森田に、いった。

「普通の墓石は、せいぜい百五十万円から三百万円くらいのものですが、あのくらいの大きな墓石となると、最低でも三千万円はするでしょうね」

と、森田に、教えてくれたのである。

(三千万円か)

と、森田は、改めて思う。

そんな高価な墓を、なぜ、立川家は造ったのだろうか？

タクシーの運転手も、このK町では、そんな目立つようなことはしないほうがいい。そんなことをすれば、必ず町中の顰蹙《ひんしゅく》を買うと、いっていた。

森田も、そう考える。

それなのに、なぜ、立川家は、あんなに巨大で、人目を引く墓石を、しかも、寺の境内の少し離れた場所に、一基だけ建てたのだろうか？

森田には、その謎も、なかなか解けないのである。

頭が疲れたので、缶ビールを冷蔵庫から取り出して、三本ばかり飲んで、森田は、ベッドに入った。

次の日、森田は、締切りの仕事がなかったので、昼近くまでグズグズとベッドの中で過ごし、正午過ぎに、やっと起き出した。

食事を作るのが面倒くさいので、森田は、手早く着替えを済ませると、近くの喫茶店に行って、いつものミルクとトーストを食べることにした。

軽い食事を取った後、タバコを吸いながら、ニュースを知りたくて、ポケットから携帯電話を取り出すと、新聞の社会面を呼び出して読んでいった。

その視線が、急に一ヶ所で止まった。そこには、こんな文字が並んでいたからである。

〈昨夜遅く、立川勝利さん（九十三）が、杉並《すぎなみ》区の自宅マンションで死んでいた。警察が調べたところ、後頭部に鈍器で殴られたような裂傷があり、殺人事件とみて、捜査を開始した〉

森田は、しばらくの間、立川勝利という名前をじっとにらんでいた。

あの宮城県奥松島のK町に住んでいた、立川勝利なのか？　それとも、単なる偶然なのか？

森田は、問題の墓について、もし、事実が明らかになれば、面白いネタとなり、本にすることも可能だろうと考えていた。

そこで、国会図書館に行き、日本の墓に関する写真集を借りて、問題の墓石と同じような墓が、ほかにも載っていないかどうかを調べてみることにした。

森田が探し求めているような墓の写真は、一般的な墓石のページには載っていなかった。

だが、特別な墓のページを繰っていくと、似ているものが、やっと見つかった。

プロ野球の名選手だった人の墓として、バットとグローブ、あるいは、舟の形をした墓があったりする中で、森田がK町で見た、あの大きな墓とそっくりな墓の写真が載っているのにぶつかった。

通常の墓石の大きさの、三倍から四倍はあり、これはいわゆる顕彰碑であると、書いてあった。

そんな墓と、同じ墓が建っている場所と寺の名前、墓に刻まれた文字の写真が載っていた。

〈顕彰　馬場豊《ばばゆたか》先生之墓〉

全部で九文字が刻まれている墓石の写真である。

さらに、そこには、こんな但し書きもついていた。

〈昭和十九年頃、国家的な英雄を称《たた》えるために、急遽《きゅうきょ》、日本中に何十基という同じような大きな墓が建立されていった〉


こんな写真を見たのも、森田は、初めてだった。

「顕彰」という言葉があるから、おそらく、何か大きなことや、立派なことをやって死んだ人を褒め称えるために、特別に造った墓石なのだろう。たぶん、写真に載っている馬場豊先生というのは、何か社会的に立派なことをやった人間に違いない。

この馬場先生の家族か、あるいは教え子たちが、先生の業績を顕彰するために、大きな墓を建てたに違いないと、森田は、推測した。

但し書きにある昭和十九年頃、全国で何十基か同じものが造られていたと書かれた文章も、森田は気になった。

昭和十九年といえば、今から七十年前ということになる。まさに、太平洋戦争の真っ只中《ただなか》である。

現在四十歳の森田は、もちろん、まだ生まれていない。写真集を見て、少しばかり推理が前進したと思っていたが、戦争中に多く造られたということで、森田は、また分からなくなってしまった。

問題の写真の脇には、「千葉県木更津《きさらづ》市内　専修寺《せんしゅうじ》」と書いてある。つまり、この寺にある墓なのだろう。

こうなってくると、後に引けない気になって、別に仕事とは関係なくても、森田はすぐ、この専修寺に行ってみることにした。

問題の寺は、木更津の町はずれにあった。周囲を森に囲まれた、こぢんまりした、小さな寺である。

境内に入っていくと、奥松島の「立川家之墓」と同じように、ほかの墓から少しばかり離れた場所に、この墓石があった。

大きさも、奥松島のK町で見た墓石と同じくらいだった。

墓石には「顕彰　馬場豊先生之墓」と彫られている。

本堂に行って住職に名刺を渡し、これまでの経緯を話してから、その墓について尋ねてみた。

「この墓だけは、少し離れた場所にありますし、ほかの墓に比べて、四、五倍の大きさがあるんですが、どういう方のお墓なんでしょうか？」

と、森田は、きいた。

「昔、この寺の近くに、小さな病院がありましてね。その病院は、院長の馬場先生が、奥さんと看護婦さんのお二人と一緒に、内科の診療をやっておられました。昭和十九年の十一月だったと思いますが、この辺りが、アメリカ軍の空襲にやられましてね。病院が火事で燃えている中、馬場先生は奥さんと一緒に、何人もの人の命を助けたんですよ。馬場先生は、その時の空襲で倒れてきた電柱の下敷きになって、亡くなってしまったんです。その時に、馬場先生に命を助けて貰《もら》ったという人たちが集まって、お役所へ陳情して、この大きな墓石を造ったんです」

と、住職が、いった。

「私は戦後の生まれなので、その頃のことは、よく分からないのですが、昭和十九年というと、終戦の一年前ですから、戦争の雲行きがかなり怪しくなってきて、負けがはっきりしていた頃でしょう？　そんな時に、こんな大きな墓石を用意するのは、かなり大変だったんじゃありませんか？」

「私も、その時は住職を、やっていませんでしたので、よく分かりませんが、たしかに、昭和十九年といえば、物資が不足していた頃ですね。でも、熱意というか、情熱とでもいうのでしょうかね。馬場先生にお世話になった町の中の何十人もの人たちが熱心に手配して、この大きな墓石を造ったと、聞いています」

「その馬場先生が亡くなった時、奥さんのほうは、どうだったんですか？」

「奥さんは無事でしたが、その一年後、戦争が終わるとすぐに亡くなったようですよ」

「その後、この馬場先生の大きな墓石が、何かで問題になったことはありませんか？」

「いえ、そういう話は、全く聞いたことがありませんね。今でも、馬場先生のご子息が、木更津市内で病院をやっていらっしゃいますが、こちらも、大変評判のいい方ですよ」

と、住職が、いった。

森田は、やっと謎が解けかかってきたのに、これでまた分からなくなってしまったと、思った。

第二章　一人の老人の死

1

　ここまでくると、森田は意地になっていた。木更津で調べるのはやめて、国会図書館に通って、一九四四年（昭和十九年）から一九四五年（昭和二十年）にかけての新聞を読むことにした。その頃のことを知りたくなったのだ。

　太平洋戦争は、すでに日本の敗勢がはっきりしてきていて、極端な物資の不足のため、新聞は裏表一枚で、夕刊はなくなっていた。

　そのうえ、その小さな紙面を飾っているのは、戦争の記事と写真だった。

　一九四四年（昭和十九年）の十月に入ると、急に特攻（特別攻撃隊）の記事が大きくなる。

　森田の知識では、特攻が始まったのは、昭和十九年十月である。ミッドウェイ海戦で、無敵を誇った連合艦隊が、惨敗を喫してからは、アメリカの圧倒的な国力の前に、苦戦を続けた。

日本軍の場合、船が一隻沈められると、その一隻を造るのに時間がかかるのだが、米軍は一隻沈められると、翌日には二隻になっている。それほど、日本とアメリカの間には、国力の差があったということである。

そのため、制空、制海権が、アメリカに奪われ、日本が占領していた太平洋の島々は、次々に米軍に奪取されていった。

アッツ島、タラワ、マキン、そしてグアム、サイパンとやってきて、昭和十九年十月には、ダグラス・マッカーサーの率いる連合軍が、フィリピンのレイテ島に上陸してきた。日本軍と日本政府は、この事態に強い危機感を抱いた。持たざる国日本は、太平洋戦争の開始と同時に、東南アジアのビルマ、マレー半島、仏印《ふついん》（ベトナム他）、蘭印《らんいん》（インドネシア）を占領した。そこで産出する石油、鉄、ボーキサイト（アルミ）、米、ゴムなどを船で日本に運び、戦争に必要な武器に精製、製品化するためである。そのルートの真ん中に、フィリピンがあるので、もし、米軍にフィリピンを押さえられてしまうと、東南アジアの物資を船で日本に運ぶことが難しくなってくるからである。

そこで日本海軍は、レイテ湾に集まった千隻にのぼる米艦隊を、撃滅するために、戦艦大和《やまと》、武蔵《むさし》を主力とする栗田《くりた》艦隊を突入させ、米軍の軍艦や輸送船を沈めてしまおうという作戦をとった。まともにレイテ湾に突入したら、群がる米艦載機の攻撃を受け、突入する前に全滅してしまうおそれがある。それを防ぐためには、栗田艦隊が突入する時に、アメリカ空母の甲板を破壊し、一時的に使用不能にしておかなければならない。

しかし、今まで通りに、攻撃機を飛ばしていたのでは、群がるグラマンF6Fに撃墜されてしまうか、千隻の艦船が射《う》ち上げる強烈な対空砲火で射ち落とされてしまうだろう。新しく一航艦長官になった大西《おおにし》中将は、急遽《きゅうきょ》、マニラに飛んだ。レイテ決戦の直前である。マニラ郊外の飛行場で、大西は、先任者に会ったが、彼は、米軍に対して、今のままでは、挽回《ばんかい》の方法はないという。飛行隊長や、先任参謀も同じ意見だった。大西が、いつ、特攻（体当たり攻撃）に踏み切ったのかは、はっきりしないが、先任指揮官や、先任飛行隊長から、絶望的な話を聞いているうちに、特攻以外にないと、決めたのではないだろうか。

大西は、特攻を決め、断行した。

一応、志願者をつのり、二十四名のパイロットが選ばれ、神風《しんぷう》特別攻撃隊と名付けられ、敷島《しきしま》隊、大和隊、朝日《あさひ》隊、山桜《やまざくら》隊が編成された。敷島隊の隊長は、関《せき》大尉である。一応志願制といわれながら、命令書が出ている。

その二項目は、次のようになっている。

「二〇一空司令は、現有兵力を以って、体当たり特別攻撃隊を編成し、成るべく十月二十五日までに比島《ひとう》東方海面の敵機動部隊を殲滅《せんめつ》すべし」

この十月二十五日というのは、栗田艦隊がレイテ湾に突入する予定日である。これを見れば、神風特別攻撃隊と名乗っていても、役目は、米空母の甲板を破壊し、一時的に使用不能にすることだったとわかる。

結果的に、関大尉の特攻は、大きな戦果をあげるのだが、栗田艦隊はなぜかレイテ湾突入をせず、未《いま》だにその行動は謎になっている。

このあと、大西は、一時特攻作戦を中断するが、すぐまた、特攻に戻っている。戻った理由は、はっきりしている。大西は、一航艦長官なのに、彼が自由に動かせる飛行機は少なかったのである。ある時は、三十機、時には六機ということもある。それに対して、米機動部隊は、多数の空母と、数百機の艦載機。六機や、三十機で立ち向かったら、間違いなく、戦果の前に全滅である。作戦の立てようがない。となれば、戦うことを考えれば、特攻になってしまうのである。

陸軍も、海軍に少しおくれて、特攻に踏み切っている。

こうなると、なぜか、新聞の報道がやたらに明るくなってくる。

寝顔を写真に撮る。その寝顔の傍に、人形が一緒に寝ている。

搭乗機に向かって走る若い顔がある。

発進する零戦から、笑顔で手を振っている。

特派員の座談会。

「二十歳になったばかりなのに、落ち着き払っている。ボクの方が励まされちゃうんだ。感動したね」

「今日の隊長は、二十三歳で学徒兵だそうだ。ちょっと不安だったんだが、ぜんぜん安心だね。ゆっくり、落ちついて、でかい奴を狙いますよと、笑ってた」

新聞には、具体的な名前を書き、二階級特進の「軍神」と記している。

両親への手紙を載せている新聞もある。

「父上さま。母上さま。私は、これから、アメリカの空母に体当たりしてきます。後悔は全くありません」

明るすぎて、悲しくなってくる。

戦後に書かれた特攻の本がある。なぜか、こちらの方は、やたらに悲しい。

特攻が常態になってくると、隊員の人選を含めて、全て、現地指揮官の手にゆだねられた。最初の時は、大西長官が声涙ともに下る訓示をしているが、毎日のことになると、時には、明日の特攻として、十人の名前を紙に書いて、貼り出すだけの指揮官も出てきたという。命令する方も、緊張感がなくなってくる。しかし、指名される方は、生死の分かれになる。特攻の場合、特攻機十機に対して、戦果を確認する直掩機《ちょくえんき》も十機が普通である。基地にいるパイロットの誰を特攻に選び、誰を直掩に廻《まわ》すかは、指揮官の気持ち一つにかかってしまう。新聞では、平然と、或《あるい》は喜んで特攻に出撃することになっているが、実際には、そう簡単ではない。指揮官の残している日誌には、次のような文字がある。

「その夜、彼等の宿舎を見て廻るのが辛《つら》かった。昼間は明るくしているのだが、夜になると、一様に眼をぎらぎらさせて、押し黙っている。明日の『死』を自分に納得させようとしているのだ」

もっと、切実な手記も残っている。

「明日の特攻隊員十人の名前を貼り出した夜、何気なく格納庫に行ってみると、中で物音がしている。そっと覗《のぞ》いてみると、特攻に決まったパイロットが、小石を自分の乗る飛行機のエンジンにぶつけていたのである。小石がエンジンにはさまるかすれば、故障して明日出撃しなくてすむのだ。それを見て、指揮官は怒ることが出来なかったという」

それでは、大西長官たちは、自分たちの決めた特攻作戦をどう思っていたのだろうか。

大西長官たちは、正攻法、つまり尋常の戦法では、とうてい米軍に勝てないと分かっていた。だからといって、飛行機に爆弾を抱かせて、体当たりする特攻作戦が、最善だと思っていたわけでもないのである。

何しろ、特攻は「決死」ではなくて、「必死」である。日本の軍隊で、「決死隊」を選んでの攻撃作戦をとったことがあるが、さすがに「死ね」と命令したことはなかった。

大西長官自身も、特攻の生みの親といわれているが、生前（終戦時、自決）こんな言葉を残している。

特攻作戦を決定したあと、先任参謀に向かって「こんなことをしなければならないというのは、作戦指導がいかに拙《つたな》いかを示しているんだ」

といい、最後に、

「これは、統率の外道だよ」

と、ポツンといったという。

陸軍で、特攻を指揮したのは、阿南《あなみ》陸相である（この人も終戦時自決している）。

ただ、「必死」の特攻作戦は、今までの作戦と全く異なるし、特攻部隊を作らなければならないのだが、そうなると天皇に上奏し、裁可を仰がなければならない。天皇は、大元帥で、陸軍（海軍も）は、天皇の軍隊、皇軍だからである。

大本営参謀は、特攻隊を正規の軍隊として編制すべきだとしたが、阿南は、許可しなかった。その理由は、こうである。

「このような非情の戦法を、天皇の名において採用することは、『天皇のお徳を汚す』からである」

つまり、阿南陸相（この時は航空総監）も特攻が「外道」であると認識していたことになる。

それでも、陸軍も海軍も、特攻をやめなかった。やめなかっただけではなく、特攻で亡くなった隊員を「軍神」として、二階級特進させ、国民の戦意昂揚《こうよう》に使った。普通、戦死者の名前は、いちいち新聞に載せないのだが、特攻隊員の場合は、名前と写真を新聞に発表し、家にも故郷にも通知し、お祭りにしたのである。

日本は、戦争の度に、「軍神」を創ってきた。

日露戦争では、東郷《とうごう》元帥、乃木《のぎ》将軍、広瀬《ひろせ》中佐で神社が出来ている。

上海事変では、肉弾三勇士。

日中戦争では、加藤《かとう》隼《はやぶさ》戦闘隊の隊長や、西住《にしずみ》戦車長。

太平洋戦争では、山本《やまもと》五十六《いそろく》連合艦隊司令長官が、国葬になっている。

この中で、一番国民に人気があったのが、肉弾三勇士だという。肉弾三勇士といっても、今の人たちは、多分全く知らないだろう。当時の新聞記事によれば、次のように、三人の活躍が記されている。

「敵陣をめざした日本軍は、頑強に張りめぐらされた鉄条網に阻止された。その時、わが工兵三名は、鉄条網を破壊して、敵陣の一角を切り崩すため、爆死して、皇軍のために報ずべく、自ら死を志願し出たので、工兵隊長もその悲壮なる決心を涙ながらに『では国のために死んでくれ』と許したのだ。右三人は、今生の別れを隊長始め戦友等に告げ、身体一杯に爆弾を捲《ま》きつけ点火して『帝国万歳』と叫びつつ、飛び出していき、深さ四メートルの鉄条網に向かって飛び込んで、直ちに壮烈無比なる戦死を遂げた。これがため、鉄条網は壊れて、大きな穴が開き、敵の陣地の一部が破れ、これによってわが軍は、ここより敵陣に突入するを得た。この三工兵の鬼神をも泣かしめた爆死は、往年の日露戦争における旅順港閉鎖の決死隊以上の悲壮の極みで、万に一つの生還を期せず、必ず死すの挙にして、これを聞いた師団長を始め、戦友たちは、涙を流してその最後を弔い、『日本帝国は亡びず』の威に打たれた」

他にも、戦死者はいたし、軍神もいた。が、当時の新聞、ラジオなどによれば「三勇士」の逸話も、同じようなものだが、報じられたあとの国民の反響が、他の人たちに比べて圧倒的に大きかったのである。

「国民の感謝と昂奮《こうふん》は、熱狂的で、二十六日までに集まった遺族宛の募金は実に、四十余口、一万四千円にのぼった」

「三勇士の武勲に感動した小学生四十名が陸軍省にやってきて、お小遣い八円五十銭を三勇士にあげて下さいと、差し出した」

「報道のわずか一週間後に、三勇士を扱った映画が実に四本も上映された」

「新聞四社が、三勇士の歌を募集し、『毎日』には、八万以上の歌の応募があった。一等になったのは、歌人与謝野《よさの》寛（鉄幹《てっかん》）の作品」

実は、この肉弾三勇士と、昭和の特攻隊がよく似ていることに、森田は気がついた。政府やマスコミの扱い方もである。

第一、それまでの戦死者や軍神は、たまたま敵弾に当たっての戦死か、決死の作戦中だったかだが、肉弾三勇士は、最初から、死を覚悟している「必死」と書かれている。特攻隊員も同じである。

第二、三勇士は、三人とも無名の兵士であって、命令する側の人間ではなく、命令される側の人間である。特攻隊員も同じく、無名で命令される側の人間である。

第三、三人とも若い。従って、家族、特に母親から人々を感動させる話を聞くことが出来る。その点でも、特攻隊員は、よく似ている。

日本政府も、軍部も、特攻隊員を新しい軍神にして、マスコミは、肉弾三勇士のように、扱った。

新聞には、毎日、特攻隊員の名前と写真が載った。家族や、村や町に知らされ、感動と賞讃《しょうさん》の嵐を呼び起こした。

例えば、こんな具合である。

特攻隊員Aの生まれた××村を中心に、郡下の各種団体が協力して、顕彰会を設けて運動を起こす。

全県、一戸一円（現在の価値で千円くらいか）以上の浄財を集めて基金とする。

毎年Aの命日に、感謝会を開く。

Aの生家を永久保存し、若者たちの精神道場とする。

県下の国民学校（小学校）には、軍神Aの写真を掲げる。

こうなると、新聞記者や、村長や知事なども押しかけて、家族は応対に追われるに違いない。

2

森田は一層、熱心に細かく新聞に眼を通していった。

そして、昭和十九年十二月十日の新聞に、探していたものを見つけた。
○立川一飛曹（二十四歳）宮城県奥松島K村。十二月七日、比島西方沖にて敵機動隊に向けて、突入戦死。二階級特進。

この記事が、新聞の表側に載り、裏側には「軍神の家」になった立川家の騒ぎが、書かれていた。

立川家の玄関には、「軍神立川一飛曹の家」と書かれた木札が出て、前を通る人たちは、立ち止まって、脱帽し、頭を下げている。

新聞記者が母親に会って、話を聞いていた。戦争中なので、どうしても、型にはまった応対になってしまっている。例えば、こんな具合である。

「立川一飛曹の母親は、涙一滴こぼさず、わが子の戦死を喜ぶといって、人々を感動させている。母親としては、息子の死を悲しむのが当然だが、それを表に出さず、国民の一人として、名誉の戦死をとげたことを喜んでいる。誠に軍国の母、軍神の母というべきだろう。この母がいてこそ、皇国の名誉は守られるのである」

また、同日に戦死した特攻隊員二人と一緒に、海軍省から、一人当たり、二千円が贈られ、それぞれ栄誉をたたえる記念碑か、墓碑が建てられる予定であることも、書かれていた。

森田は、気になっていた、あの大きな墓石のことを思い出した。

昭和十九年末の二千円といえば、かなりの金額である。多分、立川家の人々は、その二千円であの大きな墓石を求め、そこに「軍神立川勝利之墓」と彫ったに違いない。

そこまでは、何とか推測したが、分からないのは、その墓石が削られたり、立川一家がK町から姿を消してしまった理由である。

戦争が終わって、全ての価値が逆転したのは、森田も知っている。

生き残りの特攻隊員は、特攻崩れと軽蔑《けいべつ》された。そして、特攻作戦は、間違いだったと決めつけられたが、その特攻作戦で死んだ隊員の行動まで誤りだったと断定する言葉は、聞こえてこない。

現在、特攻については、次のようにいわれていると、森田は聞いていた。

特攻作戦そのものは、実行されている時から、発案者の大西長官自身が、「統率の外道」といっていた。

こうした言葉は、大西長官だけでなく、フィリピンで米軍と戦い、戦犯として処刑された山下奉文《やましたともゆき》も、同じことを口にしていたといわれている。特攻で直掩機のパイロットをやっていたNは、マニラの陸軍病院で、山下司令官に会った時、「今何をやっておるのか？」と聞かれた。「特攻隊の誘導、掩護《えんご》と戦果の確認をやっております」と答えると、山下はあっさりと「おい、あの戦いのやり方は邪道だな」といったというのである。

従って、現在、特攻について聞かれると、多くの関係者は、こう答えている。

「特攻攻撃で戦死された方々には、深い敬意を表しますが、この事態に追い込んだ中央の指導には強い不満を持ちます」

つまり、はっきりと、特攻作戦と特攻隊員を峻別《しゅんべつ》して考えているということである。航空特攻で死亡した若者は、陸・海軍合わせて、四千人近いが、その若者たちに向かって、無駄死にしたとは、誰もいえないだろう。

もちろん、十九年十二月七日に、フィリピン沖で特攻死したと報道された、立川勝利二十四歳に対してもである。

とすると、立川勝利には、何があったのだろうか？

しかし、当時の新聞をいくら読み返しても、立川一飛曹が、フィリピン沖で特攻死した以外は、分からなかった。

こうなると、意地である。

それに、彼に仕事を頼んだ「ジャパン21」に話をすると、面白がって、最後の答えを見つけてくれないかと、けしかけてきた。

ここまでくると、個人的にも、仕事の上でも、この問題に決着をつける、答えを見つける必要が出てきたことになる。

森田は、考えた揚句、奥松島K町の山上《やまがみ》という町長に、もう一度会ってみることにした。

問題の事件があった昭和十九年十二月頃には、山上現町長の父親が、村長をやっていた。

立川勝利が軍神になった時の村長である。あの大きな墓石のことや、軍神騒ぎのことも、よく知っている筈《はず》である。

すでに故人になっているが、現町長が何か聞いているかも知れない。ただ、アポをとったのでは、面会を拒否されるおそれがあると考えて、森田はいきなり、K町を再訪することにした。

再訪したK町周辺の景色は、変わっていなかった。ということは、再建がほとんど進んでいないということである。

K町の人たちは、高台に造られた仮設に住んでいて、海辺の荒涼とした空間には、前と同じく、墓石がかたまって置かれているだけである。

森田は、前と同じ疑問を感じた。K町はどんな形で復興するつもりなのだろうか？

大地震以前のK町は、小さな漁師町で、海辺にあって、港には漁船が並んでいたという。もちろん、住居も、港に集まっていた。海と切り離しては、生活出来ない町だったのである。だから、寺もお墓も、海が見える場所にあった。

昭和十九年十二月に、村民の立川勝利が軍神になった時も、海辺の村の中で、お祭りがあったに違いない。

街道沿いに、前と同じように、焼きガキの露店が出ていた。今、K町が生きている証明は、この露店ぐらいのものである。

森田は、その店で、焼きガキを食べながら、店番をしている若者に、

「今日、町長さんはいますかね？」

と、きいてみた。

「午前中に、県庁へ行って、K町の復興計画について、話し合って、もう帰って来てる筈だよ」

と、若者がいう。

「まだ、復興計画は、決まらないんですか？」

「いろいろ、意見があるからね。政府の計画だって、はっきりしないんだ」

「前と同じように、海辺に店や自宅を建てるわけには、いかないんですか？」

「おれたちはさ、海の傍に住みたいんだ。もし許可が出たら、どっかから金を借りてきて、すぐカキを使った食堂を開店するさ」

そんな会話をすませてから、森田は仮設の建つ高台に向かって、歩いて行った。

臨時の町役場で、町長に会いたいと告げた。意外にあっさり、会うことが出来た。

「確か前に、お寺の話を聞きにみえた方でしょう。大きな墓石が不思議だといって」

と山上町長がいう。

「あれから、私なりにいろいろ調べました。あの大きな墓石は、戦時中の昭和十九年末に作られたもので、軍神立川勝利之墓と彫られていたと思われます」

「私の父が村長だった頃で、考えてみるとあの頃が、このK村が一番いい時だったかも知れません」

「大変な騒ぎだったそうですね？」

「突然、海軍相から村長宛に、K村の立川さんが特攻隊員として、壮烈な戦死を遂げたという通知があったそうなんです。新聞には、名前と顔写真が載るし、ラジオも放送する。そうなると、知事や海軍省の偉い人が、やってくる。何か立川さんを顕彰する碑を造れと、二千円が送られてくる。立川家の玄関に、軍神立川勝利の名前を出せ。とにかく、てんてこまいだったそうですよ」

「その二千円が、あの大きな墓石になったんですね？」

「そうです。いつまでも残るものをというので、あの大きな墓石を造り書道の先生に『軍神立川勝利之墓』と書いて貰《もら》い、それを石材屋さんに頼んで、墓石に彫って貰ったんです」

「その頃の写真は、ありませんか？」

「全部、無くなっていると思ったんですが、今度、こわれた家の中を調べていたら、見つかりました。亡くなった父が、何か考えるところがあって、保存していたんだと思います」

山上町長は、キャビネットから、風呂敷《ふろしき》に包まれたものを持ち出して、それを机の上に置いた。

森田が、風呂敷を広げると、中からシロクロの写真アルバムや、新聞の切りぬき、或《あ》るいは「軍神立川勝利の家」と書かれた木札などが出てきた。

アルバムに貼られた写真を見ていくと、これが村の大きなお祭りだったことが、分かってくる。例の大きな墓石の前で、村人総出で、万歳をしたり、頭を下げたりしている写真がある。海辺で花火をうちあげている写真、郵便局の入り口に「立川勝利記念切手」と貼り出されている写真。

「他にもいろいろとあったそうですよ。例えば、知事や署長の祝辞の書かれた賞状なんかです」

「どうしてここに、残っていないんですか？」

「父が焼いたんだと思います」

「どうして、そんなことになったんですか？」

「生きていたんですよ」

と、山上町長がいう。

「生きていた？　誰がです」

「軍神立川勝利ですよ」

山上がボソッといった。

「どうして、そんなことになったんですか？」

と、森田がきいた。

「これも亡くなった父に聞いたんですが、特攻というのは、特攻機とそれを掩護《えんご》し、戦果を確認する直掩機のコンビになっていたそうです。使用出来る飛行機が少ないと、特攻二機に、直掩機一機ということもあったそうです」

「それで立川さんの場合は、どうだったんですか？」

「あとで分かったんですが、この時、特攻機二機と、直掩機一機の合計三機で、フィリピンの基地を出撃したそうです」

「それで、突っ込んだんでしょう？」

「その確認が難しいんですか」

「しかし、確認のために、直掩機がついているわけでしょう？」

「当時の日本の通信機器の性能が劣悪で、基地との連絡が、なかなか取れなかったというのです。反対に、アメリカの方は、秀《すぐ》れたレーダーを持っていたので、何十機、時には百機を超す戦闘機のグラマンF6Fを飛び上がらせ、上空で待ち構えているんです。そんなところへ、三機や四機で向かっていっても、たちまち叩《たた》き落とされてしまいます。特攻機だけでなく、直掩機だって、狙われて撃墜されてしまうのです」

「それでは、特攻機が敵艦に突入したかどうかも、分からないじゃありませんか？」

「そうなんです。そこで陸軍も、海軍も、特攻について、一つのルールを作っていたといわれます。特攻が出撃したあと、三日間全く音信がない場合は、敵艦に体当たりしたと断定して、二階級特進にし、新たな軍神として発表、家族や村役場、町役場に通知することになっていたというのです。立川勝利の場合が、それに一致していたので、軍神立川勝利が生まれたのです。うちの村役場に通知が来て、二千円もの大金を下賜されて、村は大騒ぎだったそうです。何しろ、小さな漁村が、日本中に知られるような名誉を受けたわけですから。立川勝利さんは、文字通り神様になったんです」

「ところが、その軍神が生きていたんですね？」

「そうです」

「どうして、そんなことになったんですか？」

「昭和十九年の十二月初め、フィリピン沖のアメリカの機動部隊に、海軍と陸軍は共同して、特攻攻撃をかけることになりました。が、飛行機が揃わず、二機、三機という少数でのサミダレ攻撃になりました。十二月七日の時も、立川一飛曹ともう一機、二機の特攻と、一機の直掩という出撃だったそうです。ところが、途中で、立川機のエンジンの調子が悪くなり、他の二機が先にアメリカの機動部隊に向かいました。立川一飛曹は、結局、不時着したのですが、基地へ連絡がとれなかった。そのうち、三日間経ってしまい、立川一飛曹の特攻死が発表され、軍神がまた一人、生まれてしまったのです。立川一飛曹が歩いて、基地に帰りついたのは、一ヶ月半、経ってからでした」

「基地の人々は驚いたでしょうね？」

「驚いたよりも、困惑したそうです。特に、司令官や飛行隊長なんかは、立川一飛曹の戦死を公表し、軍神に祭りあげてしまっていますからね。今更、実は生きていたなんて、発表出来ずに困ったそうです」

「じゃあ、立川一飛曹が生きていたことは、海軍省は発表しなかった？」

「そうです」

「じゃあ、どうして家族やK村の人たちは、立川勝利さんが生きていたことを知ったんですか？」

「立川一飛曹は、海軍の第一〇三部隊に所属していたんですが、同僚のパイロットがたまたま、東京にやってきた時、ひそかに、このK村にやってきて、家族に生きていることを知らせたんです」

「家族は驚いたでしょうね？」

「ええ。ただ母親や父親は、驚きながらも、正直に大喜びしたんです。死んだと思っていた息子が生きていたんですから、喜ぶのが当たり前なんですが、父親が嬉《うれ》しさのあまり、村人の一人に話してしまったんです。それがいけなかったんです」

「どうしてですか？」

「何しろ、戦争中ですよ。それも、負けいくさで食糧は乏しくなるし、毎日のようにB29の爆撃を受けて、人が死んでいるんです。そんな空気の中でも、親は喜んでも仕方がない。父親は、たった一人の村人に教えたんですが、こんなニュースは、あっという間に、村中に広がってしまいます。村人の反応は、両親のように単純じゃありません。そのことを、父は、心配していたようです」

「具体的に村の人たちは、どんな反応を示したんですか？」

「最初、村人の中に、妙な噂が流れたんです。立川一飛曹は、特攻に指名されたが、死ぬのが怖くて逃げ出したという噂です」

「他にも何か？」

「あの大きな墓石が、目障りだったのか、何者かが『軍神立川勝利之墓』の文字を削り取ってしまったんです。それから、立川家に石をぶつける人もでてきたそうです。結局、終戦後、立川家の人たちは、村を出ていったようです」

「その間、立川勝利さんはどうしていたんですか？」

「フィリピンの基地に、軟禁されていたようです。他の場所へ逃げて、軍神が生きていたなんてことが広まったら、二重に不名誉なことですからね。一飛曹を、特攻隊員に選んだ基地司令官にしてみたら、一刻も早く、立川一飛曹が死んでくれれば、辻褄《つじつま》が合うわけですからね」

「それなら、もう一度特攻隊員として、出撃させたらいいんじゃありませんか？」

「立川一飛曹にしてみれば、基地司令官が、生きている自分の存在を迷惑がっていることを感じていたと思うんです。そんな人間に飛行機を与えて、再度、特攻を命じたら、また不時着するかも知れない。一番まずいのは、米軍基地におりてしまい、特攻について、米軍の将校に喋《しゃべ》られることでしょうね。基地司令官は、立川一飛曹が生きて帰った時から、疑いの目を持っていたと思うのです」

「しかし、基地司令官は、立川勝利さんに死んで貰《もら》いたかったわけでしょう？　それなら、ソビエト軍に敗北した将校に、拳銃《けんじゅう》を与えて自決を促した、ノモンハン事件の辻参謀のように、すればいいんじゃありませんか？」

「基地司令官は、そこまでは、やれなかったと思いますね。何しろ、特攻という作戦については、上の方が、作戦の外道と考えていたんですから」

「それでも、何もしなかったんですか？」

「ですから、基地司令官は、立川一飛曹を軟禁していたんです」

「それだけですか？　軟禁していただけでは、立川勝利さんは死なないでしょう？」

「いや。その頃、フィリピンの特攻基地は、連日、米機動部隊による艦載機の爆撃を受けていたんです。空襲になると、全員が防空壕《ぼうくうごう》に避難するんですが、軟禁されていた立川一飛曹は、それが許されなかったし、同僚が逃げろと誘っても、彼は動かず、ただ首を横に振っているだけだったといわれています」

「結局、立川勝利さんは、どうなったんですか？」

森田がきくと、山上町長は、急に口が重くなった。

「分かりません。父が残したその書類や写真をいくら見ても、書いていないんです」

「立川さん一家は、今も、このK町にはいないんですね？」

「いません」

「現在、何処にいるかも、分かりませんか？」

「分かりません」

「では、当時の立川さんの家族構成を教えて下さい」

と、森田はいった。

その結果、分かったのは、前より少し詳しい、次のようなものだった。


（昭和十九年十二月末現在　数え年）

立川勝利海軍一飛曹　（二十四歳）
正義（父）　漁業　（六十歳）
里子（母）　（五十四歳）
安男（弟）　（十五歳）

「森田さんは、どうして立川勝利さんのことを調べるんですか？」

と、山上がきく。

「正直に言えば、面白いからです」

「しかし、立川勝利さんは、今生きていれば、九十三歳くらいですよ。多分もう、亡くなっていますよ」

「そうですね」

「それに、あの戦争が終わって、もうすぐ七十年になるんですよ。日本人の殆《ほとん》どが、戦争も特攻も知らないんですよ」

と、山上はいう。

確かに、その通りだと、森田も思う。今から、二十年前なら、彼が二十歳の時には、まわりには戦争を知っている人が半分はいたのである。

それでも、森田が口にした言葉は、

「だから調べているんです」

3

今、森田が知りたいことは、三つあった。

第一は、陸、海軍の司令官が、「外道」といいながら、なぜ、特攻作戦を続けたのか。

第二は、特攻は、はたして有効だったのかである。

そして第三は、立川勝利と家族が結局どうなったかということである。

半分は、「ジャパン21」の仕事であり、半分は、森田の個人的関心だった。

特攻については、多くの本が出版されている。森田はすでに、図書館に通って、眼を通していた。

その何冊かを読んでいるうちに、どうしても気になったことがあった。航空特攻で死んだ若者は、陸海軍で四千人近い。彼等は、現在、生きていないから、特攻について語ることも、批判することも、賛美することも出来ないのだ。特攻について、発表出来るのは、特攻の創設者か、基地司令か、遺族ということになってしまう。それに対して、特攻で死んだ若者は、何の抗議も出来ないのである。

また、今語られる特攻は、ほとんど航空特攻だけである。実際には、水中特攻や水上特攻など、さまざまな特攻があった。

　水中特攻は、一人か二人の乗る小さな潜水艇に爆弾を取りつけ、敵艦に体当たりを敢行する。回天《かいてん》、海竜《かいりゅう》、震洋《しんよう》、伏竜《ふくりゅう》と、名前は違っても、方法は同じで、小さな潜水艇に爆弾を積み、それを通常の潜水艦に積んで、敵艦に近づいてから、小型潜水艇を切り離す。潜水艇は乗員もろとも敵艦に体当たりするのだが、通常の潜水艦から魚雷を発した方が、効果的だという批判がある。

　木造の小型ボートに爆薬を積んで、体当たりする水上特攻では、外洋に出たとたんに、沈没してしまうだろうといわれ、それより、戦艦大和の沖縄への殴り込みの方が有名だが、この大和は、米機の攻撃を受け、多数の乗員と共に、海底に沈んでしまった。

　こう見てくると、航空特攻が一番有効な作戦になってくる。一機で一艦の撃沈も可能だからである。

　最初の航空特攻は、昭和十九年の十月に実行されている。既存の航空機に爆弾を積み込んで、敵艦に体当たりする。「神風特別攻撃隊」と名付けられ、敷島隊、大和隊、朝日隊、山桜隊に分かれていた。

特攻の生みの親といわれる海軍の大西中将や、基地司令官、それに参謀たちがどのくらいの戦果を期待していたのかは分からない。

ただ、米軍との間の消耗戦で、必要な艦船や、航空機を失い続けている現状から、さして大きな戦果は期待出来ずにいたと思えるのだが、関大尉の率いた敷島隊が、思わぬ大戦果をあげて、驚かせたのだ。

中型空母一隻（二機命中）撃沈
中型空母一隻（一機命中）火災撃破
巡洋艦一隻　（一機命中）撃沈

たった五機で、これだけの戦果である。大西長官は、特攻を続ければ、ひょっとすると、米軍との戦いに勝てるかも知れないと思ったのではないだろうか？　少なくとも、大西長官たちは、特攻に期待して、海軍の特攻を続けた。陸軍も、海軍に続いた。このあと、敗戦が決まるまで、海軍と陸軍の特攻は続き、最後に大西長官が口にしたのは、「一億総特攻」だった。

では、特攻は実際に、どれほどの効果があったのだろうか？

関大尉の敷島隊と共に、大和隊、朝日隊、山桜隊が特攻したのは、レイテ決戦の最中である。

ガダルカナル島の戦闘で、反撃に転じた米軍は、一九四四年（昭和十九年）十月フィリピンのレイテ島に侵攻した。

二十万のマッカーサーが率いる大軍である。アメリカの統合参謀本部の最初の侵攻目標は、フィリピンではなく、台湾だった。

すでに、太平洋での勝利を確信していた統合参謀本部は、六月十三日に、ニミッツとマッカーサーの両大将に対して、次の指示を出していた。

一、台湾攻略までの既定計画の促進。
一、途中の目標を素通りして、いっきに台湾を攻略する。
一、これまでの計画を中止し、日本攻略のための新計画を策定する。

このどこにも、フィリピンの文字はない。統合参謀本部としては、台湾を攻略したあとは、中国大陸の中国軍と手を結び、日本を完全に孤立させようと考えていたのだろう。

六月十八日に、マッカーサーは、統合参謀本部のこの案に反対し、「フィリピンは、絶対に奪回すべきだ。アメリカに対して、変わらぬ忠誠を誓っているフィリピン市民を解放することは、アメリカの国家的義務である」と主張した。

日本軍に追われて、オーストラリアに逃げる時、マッカーサーは『アイ・シャル・リターン』と約束していたからだろうし、父と一緒に、フィリピンに権益を持っていたからだろう。そのあと、マッカーサーは、ルーズベルト大統領にも直訴して、次の攻撃を台湾からフィリピンにしてしまった。

一方、大本営も米軍の次の目標が、フィリピンらしいと分かった。その侵攻は、十月下旬以降と呑気《のんき》に考えていた。そのため、とかく問題のある第十四方面軍の司令官黒田中将を、「マレーの虎」の山下奉文大将に替えたのは、九月二十九日になってからだった。そのため、山下大将が、十月六日にマニラに着任したのだが、その十四日後に、二十万のマッカーサーの部隊がレイテに上陸したのである。

米軍二十万をレイテ島で迎え討ったのは、第十六師団の二万だった。数の上でも劣勢だが、制空権も制海権も奪われた上での二十万と二万である。圧倒的な差で、日本軍は、半減した。

レイテ湾には、侵攻した数百隻の米軍の艦船が、ひしめいていた。それを撃滅するべく、連合艦隊は、栗田艦隊をレイテ湾に突入させ、特に輸送船を一隻残らず、沈没させようと計画した。米軍二十万の孤立を図ったのだが、肝心の栗田艦隊が、突入寸前、反転し、姿を消した。

それでも、海軍は、特攻を続けた。陸軍も、特攻を開始し、以後、敗戦まで続くのである。さしあたっての目標は、レイテ湾の米軍艦船と、フィリピン周辺をわがもの顔に動き廻《まわ》る米の機動部隊である。

4

レイテ攻略作戦を掩護《えんご》していた米第五艦隊の指揮に当たっていたスプルーアンス大将や、ハルゼー提督は、カミカゼ特別攻撃隊について、次のようにいっている。

「われわれは、長い戦闘でくたくたになっていた。空母機の損失は、二百機を超していた。次の作戦として日本の帝国の首都東京空襲を決めていたのだが、その時、突然、現れたのは『カミカゼ特別攻撃隊』だった。護衛空母は、手ひどくやられ、レイテに進出した陸軍航空部隊も、力を失っていたので、東京空襲を、延期せざるを得なかった」

スプルーアンス大将は、もっと具体的だった。

「レイテ攻撃の一ヶ月で、カミカゼによって、三百二十八名が戦死し、艦上攻撃機五十機が破壊され、更に空母三隻が修理のために、戦列を離れてしまった。そのため、われわれは、大混乱に陥った」

また、「カミカゼ」に初めて、ぶつかった時のことも終生口にしていた。

「カミカゼは、狂気の産物ではなく、日本人の気質に合った方法である。これは、熟練かつ効果的で、われわれの損害は大きいので、あらゆる方法を使って、阻止しなければならない」

最初、特攻「カミカゼ」に対して、損害が大きかった理由については、その時、現場にいた艦長たちが、証言している。

「私は、護衛空母サンティにいたが、単発の日本戦闘機一機が近づいてくるのが見えた。私も、水兵たちも、反転して遠ざかるものと考えていた。だから、機銃係も射《う》たずにいた。ところが、その日本機は、そのまま後部エレベーターに激突したのである。艦体は大きく振動し、炎に包まれた」

「他の日本機一機が、護衛空母スワニーの艦尾方向の雲の中で、旋回していたが、突然右舷《うげん》に急降下してきて、後部エレベーターの前方に激突した。爆弾が格納庫と飛行甲板の間で、爆発し、死者が出て、エレベーターも使用不能になった」

このあと、米軍は、カミカゼ対策を厳重にしたので、損害は小さくなったといっている。例えば、艦船が集まっているレイテ湾の防禦《ぼうぎょ》は、次のようになった。

「レイテ湾には、米軍の戦闘機が三重になって、待ち構えている。百機ずつ三層に分かれてである。更に、近くの飛行場には合計九十六門の対空火器が並べられている。これが四ヶ所、四百門近い対空火器が一斉に火を噴くと、こうした戦闘機、対空火器の網をかいくぐって、目標に近づくのは至難の業である」

他にも、特攻が難しい理由をあげる人がいる。

例えば、「大空のサムライ」といわれた坂井三郎の意見である。

「零戦に二百五十キロ爆弾を積み込むと、スピード二百キロは犠牲になるから、敵戦闘機に狙われると、逃げることが難しい。マリアナ沖海戦で、零戦がバタバタ落とされ、米軍のパイロットに『マリアナの七面鳥討ち』といわれたのも、この時の零戦が二百五十キロ爆弾を積み込んでいたからである」

パイロットの技量の低下もある。初期の特攻では、ベテランが特攻機を操縦していたから、効果があったが、戦争末期になると、飛行時間わずか百時間という予備少尉クラスが中心の特攻隊が出来上がってしまった。

そうした未熟なパイロットを、台湾の台中、台南の基地に集めて、一週間の特攻訓練をほどこしただけで、敵艦に突っ込ませたのである。

第一日、二日　発進訓練（発動、離陸、集合）
第三日、四日　編隊訓練
第五日〜七日　突撃訓練

これを見れば、戦闘機のパイロットを養成するとは、とてもいえず、明らかに特攻要員の育成である。それに、特攻が実際には志願ではなく、命令だったことが分かる。

早成の特攻隊員に対しては、結局、細かい技術を教えても、実行は難しいとして、簡単なことだけを教えていたらしい。初心者は、いざとなったら恐怖から、眼を閉じてしまうので、「とにかく目標艦船に突入するまでは、絶対に両眼を閉じるな。飛行機が浮き上がらないように操縦桿《そうじゅうかん》を力いっぱい押さえ込め」、これだけしつこく注意して、出撃させたと、基地司令や飛行隊長は話している。

では、正しい特攻の仕方はどうなのか？

「海面二、三メートルの超低空で、敵艦船に近づき、目標の手前で急上昇し、四十五度から七十度の角度で、航空母艦なら飛行機昇降口、戦艦は煙突部分を狙って突入、もしくは比較的弱いとされる船体の喫水部分を狙って突入、のどちらかを選ぶべきである」

こんな神業めいた操縦を、初心者が出来るとはとても思えない。それに、米軍の方も、カミカゼに対して、対抗策をとってくる。

その第一は、機動部隊の飛行機で、周辺の日本軍の航空基地を徹底的に爆撃し、日本機を一機も飛び立たせないようにする。

第二は、空母の爆撃機、雷撃機を半数に減らし、その分だけ戦闘機を増やす。

第三は、空母群の周囲、日本機が侵入してくると思われる方向に、レーダー警戒駆逐艦を二隻配備し、妨害戦闘機は、その駆逐艦の上空で、日本機の侵入を警戒する。

森田は、そうした事例を調べながら、立川勝利のことを、考え続けていた。

特攻は、果たしてどの程度の戦果をあげたのだろうか。

特攻の戦果は、他の場合と違う尺度が必要である。何機が命中したかになるからだ。パイロットが飛行機を操縦して、敵艦に体当たりするのに、戦果の計算は、命中、至近弾、失敗という言葉に、なってしまうのである。

特攻機の実数は、陸海軍合わせて二千四百八十二機、その中、命中は約一割の二百四十四機と、日本側は見ていたが、米軍側は一パーセントと計算している。

立川勝利は、命中していない。

森田は、別のことを考えていた。立川は、どの程度の技量を持っていたのか。また、死を恐れなかったのか。それとも、死を恐れていたのか。

森田がそんなことまで考えるようになったのは、立川勝利という男が、よく分からないからだった。彼は、最初、郷里の英雄だった。軍神だった。だが、どうやらその英雄がニセモノだった。いや、正確にいえば、英雄になり損ねたのだ。なぜ、なり損ねたのか？　単に、彼の乗った特攻機が故障しただけなのか。

（これ以上考えるのは、英雄への冒瀆《ぼうとく》になるだろうか？）

東京へ帰る新幹線の中で、そこまで考えたとき、森田の携帯が鳴った。

「ジャパン21」の編集長からだった。

「今、何処だ？」

と、きく。

「松島から東京に戻るところですが、これからどうしたらいいか迷っている最中です」

「それなら、東京に着いたら、まっすぐこっちに来てくれ。警視庁捜査一課の刑事さんが、君に会いたいといって、みえてるんだ」

と、編集長がいう。

(あの件か)

と、森田はすぐピンときた。

「やっぱり、殺されたのは、僕が捜している男だったんですね」

「何をいってるのか、分からないが——」

「とにかく、東京に着いたら、まっすぐ出版社の方に行きます」

「どのくらいで来られる?」

「約一時間」

と、森田はいった。

東京駅に着くとすぐ、タクシーを拾った。一時間以内に、「ジャパン21」に着くことが出来た。

二人の刑事が、彼を待っていた。十津川《とつがわ》という警部と、亀井《かめい》という刑事だった。

社の応接室で、二人に会った。

「杉並のマンションで、九十三歳の老人が殺されました」

と、いきなり、十津川という警部がいった。

一瞬、森田は迷った。その老人なら知っているといった方がいいのか、知らないと、惚《とぼ》けた方がいいのか。

「ご存じですね」

十津川が、先廻《まわ》りした。森田は、苦笑して、

「僕が今、調べている人間と同一人物なら、知っていますよ。名前だけですがね」

「なぜ、調べていたんですか？」

「彼のことを調べていたわけじゃありません。こちらの仕事で、奥松島のK町を調べていたんです。K町は、今回の東日本大震災と大津波でやられていましてね。死者も出ています。そのK町の町民の中に、立川勝利という老人がいたんですが、なぜか本人も家族もK町を出てしまい、行方が分からない。それで興味を感じて、調べていたんです。それだけです」

「では、どんな経歴の持ち主か、分かっていたんじゃありませんか？」

「いや、全く分かりません。なぜK町を離れたのかも分からないし、第一、会えなかったんですよ。それなのに、いろいろ知っているわけが、ないでしょう」

「でも、捜していた？」

「そうです」

「会って、何を聞きたかったんです？」

「長生きの秘訣《ひけつ》」

「面白い」

　と、十津川は笑ってから、

「新聞には、マンションとなっていますが、住んでいたのは、安アパートで、名前だけが杉並マンションでしてね。被害者は、まさにゴミに埋もれて生きていたんです。身体も弱っていて、犯人が殺さなくても、老衰で死んでいましたよ」

「容疑者は、見つかっているんですか？」

「残念ながら、まだです。所持金も、現金で三千四十円だけです。ですから、金銭目当てで殺されたんじゃありません。保険に入ってるわけでもありません。つまり、犯人の動機が、皆目分からないのです」

第三章　家族を追う

1

警視庁は、十津川警部を班長にして、杉並のマンションで殺された立川勝利の事件の捜査に当たることになった。

「ジャパン21」から記事を頼まれている森田は、十津川たちが捜査をしている様子を写真に撮り、時には、刑事たちから話をきくことで、原稿を書いていった。

立川は二年前に、このマンションに引っ越してきていた。

しかし、念入りに調べてみても、立川勝利が、何処から引っ越してきたのかは分からなかった。

多分、立川は意識して、自分の生活の場所や生活の実態を、区役所にも知らせないようにしていたに違いなかった。

二日後、森田がもう一度、現場のマンションに行くと、応対してくれた十津川警部

が、

「ほんの少しだけですが、捜査が進展しましたよ」

「何か分かったんですか？」

「実は、殺された立川勝利ですが、貧乏暮らしをしていたと思われていたんですが、よく調べてみると、自宅近くのK銀行の杉並支店に、一千万円もの預金をしていたんです」

「一千万もですか？」

「そうです。彼は二年ほど前に、このマンションに引っ越してきたのですが、すぐ、K銀行杉並支店に行き、一千万円の現金を渡して、預金をしているのです」

と、十津川が、いった。

「それで、二年の間に、立川勝利が、一千万円から下ろして使った様子はないんですか？」

森田がきく。

「一度もありません。一千万円は、二年前に預金したままです」

「二年間、一回も下ろしていないんですか？」

「ええ、下ろしていません。ただ、増やしてもいません」

「それでは、いったい何のために、立川勝利は、一千万円を、わざわざ銀行に預金していたんでしょうか？　わけが分かりませんね」

森田が、いうと、十津川は、少し迷ってから、

「そうですね。勘ぐればですが、万が一、自分が死んだ時には、その一千万円で葬式を出してくれというつもりなのかもしれません」

十津川が、喋《しゃべ》っている間、森田は、奥松島で見た、大きな墓石のことを思い出していた。

「立川は、あなたが調べたところでは、レイテの決戦の時に、特攻隊員に選ばれていたということでしたね？」

「その通りです。特攻隊員に選ばれたんですが、出撃して、てっきり敵艦に体当たりして死んだと思われていたのに、実際には、飛行機の故障で特攻を果たせず、不時着して、一ヶ月半後に、歩いて基地まで帰ってきたんです。ところが、時間がかかりすぎたために、戦争中の海軍は、立川勝利が、予定通り敵艦に体当たりして、死んだと考え、軍神と発表しましたが、実は、生きていたんですよ」

「死んだ筈《はず》の特攻隊員が生きて帰ったとなると、いったい、どういうことになるんですかね？　家族は、喜んだんじゃありませんか？　両親は死んだと思っていた息子が、

生きていたわけですから、大喜びだったんじゃありませんか？」

「たしかに、本心では、家族は喜んだでしょうが、一度は軍神になったわけですから、大きなお墓も造ったんです。世間体を考えると、複雑な心境だったろうと思いますよ。おおっぴらに喜ぶことは出来ないでしょうからね」

「その時立川は、どうなったんですか？」

「海軍では、てっきり、特攻としての目的を果たし、敵艦に体当たりして死んだものと考えて、宮城県の彼の家族や、あるいは、郷里の村役場などに、特攻で死んだと知らせ、二階級特進で、軍神になったんです。ところが、その二階級特進の英雄が、生きて基地に帰ってきてしまったので、基地の司令官や、彼に特攻を命令した飛行隊長などは、立川勝利のことをどう扱ったらいいのか、困惑してしまったんです。死んで軍神になった人間が、実は、死なずに生きていたというのは、どうにも扱いに困るんですよ。特攻命令を出した基地司令や飛行隊長は、何かにつけ、とにかく一刻も早く彼が死んでくれたらいいと思ったでしょうね」

「死んで貰《もら》いたいと、具体的にはどうしたんですか？」

「例えば、基地がアメリカ軍の爆撃を受けている時には、爆撃で死んでくれれば、一番いいわけですから、防空壕《ぼうくうごう》に避難することを許されなかったようです。何とか早く死んで貰おうとしたらしいですね」

「立川勝利を早く死なせたいんなら、どうして、もう一度、飛行機に乗せて特攻させないんですか？　そのほうが、てっとり早いじゃないですか？」

「たしかに、十津川さんのおっしゃる通りです。だから、基地の司令官も、飛行隊長も、最初にそうしようと思ったらしいんですよ。ところが、立川勝利が、生きて帰ってきた途端に、いろいろな噂が立ってしまったので、出来なくなってしまったらしいのです」

「具体的にはどんな噂ですか？」

「立川本人には、もう特攻する気はないんじゃないかという噂です。敵艦に体当たりする気がなければ、新しい飛行機を与えても、また飛行機が故障したとか何とか理由をつけて、何処かに不時着し、歩いて基地に帰ってくるのではないか？　同じことをもう一回やるのではないか？　そんな疑いが生まれてきていたんです」

「基地の司令官や飛行隊長は、立川勝利が、飛行機の故障で特攻死出来ず、一ヶ月半もたってから、基地に戻ってきたことを新聞に発表したんですか？」

「いや、発表はしていません。そんなことを、いちいち新聞に発表していたら、噂が基地内に広がるし、基地司令官の権威が問われますからね。おそらく、それだけは、海軍の上層部は、避けようと思ったに違いありません」

「なるほど。それで、立川勝利が、特攻死したという新聞発表が間違いだったということを、彼の家族や村役場の人たちは、知っていたんですか？」

「故郷の村役場の人たちには、何も知らされなかったのですが、家族は、知っていたんです」

「どうして、家族は、知っていたんですか？」

「立川勝利の戦友の中に、彼が、死んでいないことを、何とか家族に知らせてやりたいと思った男がいたんですよ。何しろ、立川自身は、基地の中で軟禁状態に置かれてしまい、外には出られませんでしたからね」

「それで、戦友はどうしたんですか？」

「その戦友が、内地に帰った時、密《ひそ》かに、立川の家族に知らせたのです。ただ、こういう話というのは、すぐに漏れるものですからね。郷里の英雄だった立川勝利が、本当は生きていることが、村役場にも分かってしまったんです」

「それで、どうなったんですか？」

「もちろん、村役場は、大騒ぎになったそうです。何しろ、立川勝利は、特攻で死んで、郷里の英雄、いや、英雄というよりも軍神ですね。その軍神になったわけですからね。花火は揚がるし、お祭りになるし、軍神ということで、国からかなりの額のお金が出ますから、両親は、そのお金で、大きなお墓を造ったそうです。そのうえ、村人たちは、軍神を生んだ立川家の前を通る時は、いちいち手を合わせてから、通り過ぎていたそうです」

「さすがに、軍神ともなると、人々の扱いがすごいですね」

「そうなんですよ。ところが、特攻で死んで軍神になった人間が、実は生きていたというんですからね。軍神が、あっという間に、ただの人間、いや、それよりももっとひどい卑怯者《ひきよう》のようになってしまったんです。こういう時、世間の人々は、残酷ですからね。せっかく造った墓石も、何者かに文字を削り取られてしまったというし、立川家の前を通る時に手を合わせていた村人たちが、今度は、石をぶつけるようになってしまったといいます。それで、彼の家族は、とうとう村に居づらくなって、奥松島を引き払って、いわば失踪《しつそう》してしまいました」

「それは、終戦後のことですか？」

「そうです」

「その後、軍神ではなくなってしまった立川勝利とその家族は、いったい、どうなったんですか？」

「僕が調べることが出来たのは、ここまででした。この杉並のマンションで九十三歳で死んだとなると、立川勝利は、日本本土に帰ってきたんですね？」

と、森田が、いった。

2

「僕が、いろいろと調べた限りでは、彼が戦後、日本に帰ってきたという話は、全く聞いていませんでしたね」

と、森田がいう。

「立川勝利は、誰にも知られることなく、内緒で帰ってきていたということになりますか？」

「おそらく、そうでしょう。今の状況では、そうとしか思えません」

「しかし、戦争が終わったあと、日本軍の取った特攻という作戦は、批判の的になっていたじゃありませんか？」

「その通りです」

「それならば、彼は正々堂々と、日本本土に帰ってこられたんではないかと、私は、思いますがね」

「ですから、僕としては、彼が戦後を、どう生きてきたのか？　家族と会うことが出来たのか？　なぜ今になって殺されたのか？　そういうことを、ぜひ知りたいと思います」

「あなたは、軍神として祀《まつ》られた立川勝利が生きていると分かって、家族が郷里の人たちから、ひどい目に遭った。家族揃って、何処かに姿を消してしまったという。つまり、そこまでは調べられたわけですね？」

「そうです」

「それなら、私が、その後の立川勝利について調べましょう」

と、十津川が、いった。

「お願いします。でも、なかなか簡単じゃありませんよ」

「なぜですか？」

「特攻は、大和魂の発露だといって感動し、その行為を礼賛する人がいるかと思えば、逆に、あんなひどい話はなかったと、批判的に見ている人もいますからね。特攻に関わった人たちは、なかなか話してくれないかもしれませんよ」

と、森田は、いった。

「その点は大丈夫でしょう。これを使って調べてみますから」

十津川警部は、警察手帳を、森田に見せながら、いった。

3

十津川は、その後、防衛省の史料閲覧室に行き、そこにある太平洋戦争の史料を、片っ端から調べていった。

特攻については、多くの人が書いている。特攻に決まってから、敵艦に体当たりする直前までの、特攻隊員の日記を載せた史料もある。

敵艦に突入し、軍神として新聞に発表され、二階級特進して、家族や郷里の村においては、軍神の誕生として持てはやされた人間も、当時はたくさんいた。そうした軍神については、何らかの史料が残っているのではないかと、期待したのである。

調べていくと、特攻隊員の日記や手紙、あるいは、彼らを選んで出発させた基地の司令官や飛行隊長の日記などが、現在でも、意外とたくさん残されているのである。

十津川は、一九四四年（昭和十九年）十二月頃を中心にして、特攻隊員の手記や基地司令官の日記などに、片っ端から目を通していった。

さすがに、立川勝利本人の日記は見つからなかった。その代わり、彼がいたマニラ郊外の基地に在籍していた同僚の手記が見つかった。

名前は、室口《むろぐち》二飛曹である。

彼自身は、特攻隊員には指名されていなかったが、戦後になって、特攻基地にいた頃のことを書いて出版していた。そのコピーが、防衛省の史料閲覧室に残されていたのである。十津川は、その中に立川勝利の名前を探した。

「特攻は、一九四四年十月のレイテ決戦の時から始まったといわれている。その前に起きたサイパン島をめぐる戦いで、日本海軍は、惨敗を喫してしまった。アメリカ軍は、その勢いに乗じて、大部隊をフィリピンに送ってきた。マッカーサーが、レイテ島に上陸し、いわゆるレイテ決戦が行われた。

戦力の半ばを失った日本軍は、海軍では、後になって特攻の父といわれた大西中将が、マニラにやって来て、

『今後、アメリカ軍と戦う術《すべ》は、ただ一つ。もはや体当たり攻撃しかない』

と、基地の司令官や飛行隊長にいい、ここから特攻が始まったのだ。

最初に選ばれたのは、海軍甲飛十期生の大尉以下、二十四人である。アメリカ軍は、

日本のパイロットが、まさか体当たり攻撃を仕掛けてくるとは思わず、大きな損害を受けてしまった。
具体的にいえば、敷島隊の五機で、
中型空母一（二機命中）撃沈
中型空母一（一機命中）火災撃破
巡洋艦一（一機命中）撃沈
これは、奇跡的な大戦果だった。
そうなると、日本軍の司令官、大西中将たちは、今後の攻撃は、全て特攻で行くといい、次々に、特攻隊員が、アメリカ軍の艦船に体当たりしていった。
特攻隊員の指名は、一応、志願ということになっていたが、実際には、上官の命令である。命令のほうが、基地司令にしても、飛行隊長にしても、楽だからである。
なぜなら、志願するかと聞いて、相手が拒否した場合には、相手をそれ以上、特攻に向かわせることは出来ない。
しかし、命令は、別である。
なぜなら、『陸軍刑法』では、もし戦場で、上官が命令したことに対して、それを拒否すれば、命令違反で死刑ということになっていたからである。

これは、海軍の場合でも全く同じだった。

それに、特攻隊員のほうも、志願だと、どうしても拒否するか、承知するかで悩んでしまうが、上からの命令とあれば、もうこれは仕方がないと考えて、諦《あきら》めてしまうからである。覚悟が出来るのだ。

私は幸いなことに、特攻の指名を受けなかったが、同じ郷里、東北出身の立川勝利一飛曹は、十二月に特攻に指名された。

私は、立川勝利一飛曹が、日頃から特攻に反対だということを知っていた。それでも、指名された立川一飛曹の様子は、いつもと別に変わったところもなく、平然と出撃を待っているかのように見えた。

その代わり、私に向かって、彼は、いつもこんな注意をしてくれた。

『俺は、特攻に指名されたから、間もなく死ぬことになる。その点、お前は、まだ特攻に指名されていない。それに、新婚の奥さんがいる筈《はず》だ。だからお前は、絶対に特攻は駄目だ。基地司令や飛行隊長が、操縦士を集めて、次の特攻の人選をしようとした時には、絶対に、お前は、彼等と目を合わせては駄目だ。ずっと下を向いていろ。連中だって、誰を指名したらいいか、迷っているに違いないんだ。特攻を嫌がっている人間を指名するのは、連中だって嫌だろうからな。目を合わせてしまうと、これ幸いとばかりに、名前を呼ばれてしまう。だから、何度でもいうが、絶対に、顔を上げちゃ駄目だ。目が合いそうになったら、すぐに下を向け。そうしていれば、特攻に行かなくても済むかもしれない。特攻で死ぬのは、俺だけで十分なんだ。お前は、必ず生き延びるんだ、いいな』

と、立川一飛曹は、いつも、私の顔を見るたびに、同じことをいった。

それが幸いしたのか、私は、とうとう特攻には指名されずに、終戦を迎えることが出来た。

ところで、私を助けてくれた立川勝利一飛曹は、一九四四年、昭和十九年十二月七日に、特攻機二機と直掩《ちよくえん》機一機の編隊で出撃した。

その頃は、特攻機を見守る役目の直掩機もアメリカ軍の戦闘機に囲まれて、撃ち落とされることが多くなったから、直掩機が墜落してしまっては、特攻が成功したのかどうかを報告する人間がいなくなってしまうおそれがあった。

そこで、当時、海軍では、出撃して三日経っても連絡がない時は、敵艦に体当たりしたと考えて、その旨を家族や郷里の役場に通知し、また、新聞に発表することになっていた。

だから、その頃は、やたらに軍神が生まれていた。

立川一飛曹の場合も、出撃して三日間、何の連絡もなかった。そこで、基地司令官や飛行隊長は、立川一飛曹たちが全員、敵艦に体当たりできたものと考え、その旨、家族や郷里の役場に伝え、二階級特進し、軍神と呼ばれるようになった。

ところが、それから一ヶ月半ほどして、突然、立川一飛曹が、基地に帰ってきたのである。

立川一飛曹がいうには、飛行機のエンジンの不調から不時着してしまい、特攻の任務を果たせぬままに、そこから歩いて帰ってきたというのである。

思いもかけない立川の帰還に、基地は、大騒ぎになった。

私たち同僚のパイロットは、彼が生きて帰ってきたのを見て、言葉にこそ出さなかったものの、正直な気持ちでいえば、よかったと思った。ところが、当然ながら、特攻を命じた側の基地司令や飛行隊長は、当惑した表情になり、舌打ちをしていた。

それは無理もないだろう。特攻を果たして死んだと思われて、二階級特進し、軍神に仕立て上げられた男が、生きて帰ってきたのである。

死んだ筈の人間が、実は、生きていましたというのでは、命令した基地司令や飛行隊長が困惑するのも当然である。

その上、立川勝利一飛曹には、基地司令や飛行隊長に、日頃から睨《にら》まれる理由があった。彼が特攻に反対だということは、口に出さなくても、基地の人間は、誰もが知っていた。

そのため、基地司令や飛行隊長は、もう一度、飛行機を与えて、今度こそ敵艦に突入してこいと命令するのを、ためらってしまったのだ。

立川一飛曹は、特攻を命じたのに、死ぬのが嫌だから、飛行機の故障を理由にして途中で不時着し、敵艦に体当たりせずに基地に帰ってきた。そんなふうに、基地司令や飛行隊長は考え、そんな目で、基地に戻ってきた立川一飛曹を見ていたからである。

だから、新しい飛行機を与えて、しっかり特攻してこいといっても、また、飛行機の故障を理由に不時着し、基地に戻ってきてしまうおそれが十分にあると、基地司令や飛行隊長は考えたのだ。

危なくて、新しい飛行機を与えることは出来ないが、立川勝利一飛曹には、一日も早く死んで貰《もら》いたいと願っていたことは、まず間違いなかった。

それでは、基地司令や飛行隊長は、どんな方法で、立川勝利一飛曹を死なせようとしたのか？

その頃、フィリピン周辺の日本軍基地にも、毎日のようにアメリカ軍の艦載機がやって来て、爆撃を繰り返していた。

そこで、基地司令たちは、その時を狙って、立川一飛曹を戦死させようと考えたらしい。そのために、弾薬庫にカギをかけて、立川一飛曹を閉じ込めておいたり、飛行場におかれた飛行機の移動を、わざわざアメリカ軍の空襲中に、立川一飛曹に命じたりした。

明らかに、何とかして一刻も早く、立川一飛曹を死んだことにしてしまいたかったのだ。ところが、なかなか立川一飛曹が死なない。その中に、新しい噂が流れてきた。立川一飛曹は、また特攻に命令され、基地を飛び立ったのに、急に途中で死ぬことが怖くなり、エンジンの故障ということにして、飛行機を不時着させて、基地に帰ってきたのだという噂である。日本軍人にとって『卑怯者《ひきょう》』は最大の侮辱である。従って、これは明らかに、立川一飛曹を追いつめるために意図的に流した、お偉方のデマに違いなかった。

また、立川勝利一飛曹は、反戦主義者だという噂も流れた。こちらのほうは、少しは信憑性《しんぴょうせい》があった。

なぜなら、立川一飛曹は、私に向かって、いつも、

『基地司令や飛行隊長と目を合わせるな。もし、指名されそうになったら、顔を隠してしまえ』

そんなふうにいい、特攻に行くなと、いい続けていたからである。

これは、私にだけではない。特攻に指名される可能性のある、ほかのパイロットたちに向かっても、立川一飛曹は、

『この戦争は、もうじき終わる。だから、今、死に急ぐことはない。とにかく、特攻なんかに指名されずに、どんなことをしてでも生き続けろ』

と、いっていたのである。

そのうちに、私は、同僚と三人で、内地に飛行機を、それはつまり、特攻機なのだが、受け取りに行くことになった。

私たちは、調布《ちょうふ》の飛行場に行った。

その時、私は、何とかして、立川一飛曹の家族に連絡し、立川一飛曹が生きていることを知らせたいと思っていた。

立川家に電話がなかったので、私は、K村の立川家をひそかに訪れた。かなり待ってから、立川一飛曹の父親であろう男が現れた。

『勝利の父でございますが』

『私は室口といいます。現在、立川一飛曹とフィリピンの基地におります』

私は、今、三人で新しい飛行機を受け取りにきていること、立川一飛曹とは三年間

にわたって、操縦について、指導を受けていること。そして、立川一飛曹は特攻で出撃したが、エンジン故障で一ヶ月半後に歩いて基地に戻ってきている。一時、間違って軍神扱いされてしまったが、生きて基地に帰ってきている。それを、繰り返し、私は相手に説明した。最初のうち、相手、立川一飛曹の父親は全く私の話を信用していなかった。無理もない、国家が死んだと、伝えてきたのである。そして、軍神だと賞《しょう》讃《さん》していたのである。東北の老人には、国を疑うなどということは、とても出来ない相談だったに違いない。

『私の話が信じきれないのは当然です。しかし、間違いなく生きておられます』

『勝利は故里に帰って来られんのですか？』

『今は難しいと思いますね。こちらの指揮官たちは、立川一飛曹が生きて帰ってきたことに驚き、死亡を取り消すことなど、考えられないように見えます。何とか死んでくれれば、面倒くさくなくて、助かると思っているんです』

『しかし、生きて帰ってきたんですから、もう一度殺すようなことはしないと、信じています。それを勝利に、伝えて下さい』

『分かりました』

と、私はいい、チャンスがあれば、電話を差し上げますといった」

十津川は、立川勝利が殺されたマンションを、折にふれて訪れることにしていた。立川の過去を少しでも知りたかったのだ。

三回目に訪ねた時、押入れに入っていた布団のその奥に、一つの小さな位牌《いはい》が入っているのに気がついた。位牌には、もちろん戒名が書かれていたが、その裏にあった「立川安男」という名前の方に注目した。二十年前の日付と、六十五歳の年齢も書き加えてあった。

十津川は、「立川勝利」の弟ではないかと考えた。

二十年前に死んだ弟の位牌をなぜ、立川は持ち歩いていたのか？

十津川は、布にくるまれた位牌を森田にも見せた。

「この位牌は、立川勝利の弟のものだと思うのですが、彼には弟がいましたか？」

十津川がきくと、

「安男という弟が一人います。十歳ほど年の離れた弟です。多分、この位牌はその弟のものと思います」

「計算すると、戦争が終わったときは、満で十五歳くらいですね」

と、十津川がいった。

「立川勝利がフィリピンで特攻に失敗して、翌年に終戦を迎えています。立川安男は、十津川さんのいうように、その時、十五歳くらいだった筈《はず》です。その年で、敗戦を迎えるのは多少可哀そうですが、立川一家全員が、村に居づらくなって、村から姿を消しているんです。その後の一家の消息はつかめていないと聞きました」

森田はいい、続けて、

「この立川安男については、僕に調べさせて貰えませんか。先日もお話ししたように、それまでの仕事の関係から、立川勝利のことをずっと調べてきましたから、この弟のことも、自分で調べてみたいのです。何か分かりましたら、すぐ十津川さんにお知らせしますよ」

森田はすぐ、奥松島のK町にある臨時の町役場に電話をかけて、終戦の時の立川家の家族の構成をもう一度きいてみた。

電話口に出た町役場の担当者の答えは、以前に聞いたのと同じだった。

「しかし、終戦後、立川家の人たちは、村から出ていきました。何処に行ったのかは分かりません。また、立川勝利さんは、森田さんもご存じのように、戦争末期、特攻隊員でしたが、この立川勝利さんについては、最近、東京のマンションで、死体で発見されたと知って、驚いています。戦争が終わってから、立川勝利さんは、おそらく、無事に日本に帰ってこられたと思うのですが、このK町には、全く帰ってきていませんね。もしかすると、ずっと東京にいたのではありませんか？」

と、相手が、いった。

「もう一度だけ確認しますが、特攻隊員だったが、戦後も生き抜いてきたと思われる立川勝利さんには、安男さんという十歳ほど年の離れた弟がいた。これは、間違いありませんね？」

「立川安男さんは、間違いなく、勝利さんの弟ですが、終戦の時には十五歳でした。旧制中学の三年だったという話もあります。が、確認しておりません。何しろ、立川家の全員が村を離れていましたから」

「弟の安男さんですが、こちらで、立川勝利さんのマンションを調べていたら、押入れから、布にくるまれた安男さんのものと思われる位牌が見つかりました。それを見る限り、安男さんも、今から二十年前に亡くなっているようです」

「そうですか。一時、軍神の家族として、立川家は、人々の賞讃を集めたんですが、勝利さんが生きていたと分かったあとは、あまり幸福ではなかったみたいですね」

「僕は、雑誌社から頼まれているので、これからも立川勝利さんや、弟の安男さんについて調べていくつもりです。そちらで何か分かったら、至急、僕に教えていただきたいのです」

森田は、自分の携帯の番号を、相手に伝えてから、電話を切った。

4

森田は、次に、復員の記録を調べることにした。

戦争の末期、立川勝利は、一時、特攻戦士として軍神に祀《まつ》り上げられた。また、奥松島のK村でも、一時的にだが、彼は軍神だった。

しかし、彼は死に損なった。

当時、基地司令と飛行隊長は、特攻で死に損なった立川勝利を、厄介者扱いしていたらしい。また、立川勝利の方も、特攻隊員でありながら、同僚のパイロットたちに向かって、

「絶対に、特攻隊員にはなるな。あくまでも生き延びなくてはいけない。そのためには、基地司令や飛行隊長と目を合わせないようにしろ」

と、注意していたらしい。

基地司令たちから見れば、立川は戦友が、自分と同じような特攻隊員になるのを妨

害していたことになる。

　そのせいで、立川勝利は、新しい飛行機を与えられて、再度、特攻に出発することもなく、基地で時間を潰《つぶ》していた。

　その間、基地司令や飛行隊長は、何とかして、立川勝利に死んでほしいと、それだけを願っていたらしい。

　当時の戦局を考えてみると、あの後、フィリピンは、アメリカ軍に占領され、沖縄戦でも何人もの特攻が、九州の基地から出発している。その間、立川勝利は、どうしていたのだろうか？

　マニラ郊外の基地に、そのままいたとは思えない。

　なぜなら、アメリカ軍は、レイテ決戦の後、ルソン島やマニラを占領して、沖縄に侵攻してきたからである。

　マニラ郊外の基地から、どういう方法を使ったのかは分からないが、何とか脱出して、日本の内地に帰っていたということである。

　そう考えれば、復員の記録に、彼の名前が載っているかもしれないと、森田は、思った。

　戦後、外地にいた兵士たちが、次々に復員してきた。その記録は、今も残っている筈である。復員の記録を取っていたのは、旧復員局であり、今は、厚労省が預かっている筈だった。

森田は、厚労省に行き、復員の記録を見せて貰《もら》った。

だが、いくら調べても、フィリピンからの復員兵士の名簿に、立川勝利の名前は、見つからなかった。

そこで、森田は、厚労省の職員に、いろいろときいてみることにした。

「いくら復員名簿を調べても、立川勝利という名前が見当たらないのです。彼が、戦後、フィリピンから日本に帰ってきたことは間違いないのです。どうして、彼の名前が、復員名簿にないんでしょうか?」

森田が、きくと、係官の返事は、こうだった。

「戦争が終わった時、日本の兵士は、中国から太平洋上の島々までバラバラに存在して、戦争を続けていました。八月の十五日に、天皇の玉音放送があって、それで戦争が終わったと考えられがちですが、それほど単純な話ではないのです」

「単純ではないといいますと?」

「玉音放送が届かなかった場所で戦っていた兵士たちは、八月十五日の後も、しばらくは戦闘を続けていたわけです。ですから、戦後ただちに復員業務は始まりましたが、すぐに外地から帰ってこられた兵士もいたし、なかなか帰ってこられない兵士もいたのです。復員船が来るのを、一年も二年もじっと待っていて、それに乗って帰ってきた兵士もいますが、中には、自力で、日本に帰ってきた兵士もいます。おそらく、今、森田さんのいわれた立川勝利という兵士は、その後者ではないかと思いますね。勝手に日本に帰ってきた兵士でも、その後、役場に申請した場合も多いですから、何月何日に申請したかが分かれば、調べられますが、その点はどうですか？　分かりますか？」

「いや、分かりません」

と、森田はいう他なかった。

森田が帰ろうとすると、係官が急に、森田を呼び止めて、

「今、古い記録を見ていたら、終戦の十年後にあなたと同じように、立川勝利さんのことを聞きに来た人がいたとあります。それが、こちらの記録に残っています。どうやら、立川勝利さんのご両親と弟さんのようでした」

「その人たちは、立川勝利さんの、何を聞きに来たんですか？」

「長男の立川勝利さんが、レイテ決戦の頃、マニラ近郊の基地にいたことは分かっているが、まだ帰国しない。復員しているのかどうか、それを調べて貰いたい。ご両親

は、担当者に、そういったらしいのです。その時の記録によると、あなたと同じように、復員の記録を調べてみたが、そこにも名前はなかった。ご両親も弟さんも、大変失望して、帰って行かれたそうです」

「その時の立川家の人たちの住所は、分かりますか？　当時、立川一家が、何処に住んでいたのか、それが分かれば嬉《うれ》しいのですが」

「立川勝利さんのことを、ご両親や弟さんが調べに来られたのは、昭和三十年の三月一日です。戦争が終わってから十年が経っています。立川さんたちのその時の住所ですが、このメモによると、東京都北多摩《きたたま》郡になっていますね」

と、教えてくれた。

翌日、森田は、その住所を訪ねてみた。

古くは、東京都北多摩郡だが、現在は、東京都調布市である。

森田は、私鉄の京王《けいおう》線に乗って、調布に向かった。

調布の市役所に寄って、昭和三十年頃のことをきいてみた。

しかし、当時のことを知っている職員は、すでに退職していた。したがって、当時のことを記した文書が頼りである。

その頃、多摩川に近い辺りには、公営の簡易住宅が、二十軒ほど建っていたという。

戦争で家を失ってしまった人たちが、抽選で、この公営住宅に入っていたらしいが、その中に、立川という名前の家があったことが分かった。

昭和三十年頃、立川家は、この公営住宅に住んでいたのである。

さらに、こんな記述もあった。

昭和三十六年三月、立川の両親、父親と母親が、交通事故で死亡しているのである。家族三人が復員のことをききに行ったあと、両親が事故で死んだのだ。

その後、立川安男が、ここで両親の葬式を挙げた後、公営住宅を立ち去ったと書いてある。多分、独身者の住居はなかったのだ。

立川勝利が見つかって、一緒に公営住宅で暮らしたという記述はないから、昭和三十六年の時点でも、立川勝利は、まだ見つかってはいなかったのだろう。

これは森田の勝手な想像だが、両親が交通事故で亡くなった後、立川安男が公営住宅から立ち去ったのは、もしかすると、ひとりで兄の立川勝利を捜すためだったのではないだろうか？　森田は、そんなことを考えてみた。

昭和三十六年といえば、終戦の時に十五歳だった立川安男は、三十一歳になっていた筈《はず》である。結婚したという記述はないから、たぶん、その時もまだ独身だったのだ。

さらに、森田は、その頃の立川安男は、何か仕事をやっていたに違いないと考えた。その年に交通事故で亡くなった両親、父親も母親も、何か仕事を持っていたという記述が、全くないからである。とすれば、立川安男が、立川家の生活を支えていたに違いない。

森田は、公営住宅の責任者、調布の市長に会って、昭和三十六年に公営住宅を出た立川安男の話をきいてみることにした。

もちろん現市長は、そのころまだ市長にはなっていなかった。市長になったのは、今から五年前だという。

それでも、市の古い書類や、公営住宅についての書類を調べてくれて、昭和三十六年に公営住宅を出ていった立川安男の職業が、小さな通信社で働くサラリーマンだったと教えてくれた。

その通信社の名前が、「トップ通信」であることも分かった。

ただ、そのトップ通信の電話番号は分からないといわれた。おそらく、そんなに大きな通信社ではないのだろう。

ところが、携帯で調べると、今も神田《かんだ》駅近くにあることが分かった。

神田駅から歩いて、十分足らずの距離にある雑居ビル、その三階にトップ通信が入っていた。社長以下、社員全部を合わせても、十五人という小さな通信社だった。

「そちらの会社に、立川安男という社員がいたと思うのですが、覚えていませんか？」

森田がきき、七十代と思われる社長が、答えてくれた。

「ええ、よく覚えていますよ。立川安男さんなら、間違いなく、ウチで働いていました」

「それが、平成六年には、亡くなっています。その頃、彼は、どんな仕事を受け持ってやっていたんですか？」

森田が、位牌《いはい》のことを思い出してきいた。

「太平洋戦争中の特攻について調べていましたよ。立川さんのお兄さんが、たしか、特攻隊員だったので、どうしても調べてみたいというので、特攻隊の件は、立川さん一人に任せておいたのです」

と、社長が、いう。

「立川さんは、突然、平成六年の八月十日に亡くなっているんですが、病死ですか？」

「交通事故です。確か、深夜に酔って、自宅マンション近くを歩いていて、車にはねられたんです。即死でした」

「深夜に酔ってですか？」

「どうも、取材で、何か摑《つか》んでいたようです」

「特攻について取材していたんですね？」

「そうです。特攻は、今でもいろいろと、問題がありますから」

と、社長がいった。

「立川さんが残しておいた調査資料、あるいは、調査手帳のようなものはありませんか？」

「私も気になったので、彼が亡くなってから、彼の机の引き出しや、キャビネットを調べてみましたよ。どこまで調べが進んでいるのかは分かりませんでしたが、もし、八割くらい終わっていたのなら、亡くなった立川さんのためにも、彼が調べた結果を本にしようと思っていましたからね。しかし、何処を探しても、調査メモのようなものは出てきませんでした」

「しかし、立川さんは一人で、太平洋戦争中の特攻について、いろいろと調べていたわけでしょう？　時間的に見れば、何年間か、特攻について調べていたことになりますよね？　それなら、一冊の本にするくらいの原稿の分量は、ある筈だと思いますがね？」

「私も、それを期待して、彼の机などを調べたんですが、原稿らしきものは、見つかりませんでした」

「どうして、なかったんでしょうか？　立川さんが、太平洋戦争中の特攻について、いろいろ調べていたのであれば、その原稿が、何処にも見当たらないというのは、少しばかりおかしいと思いますがね」

「しかし、彼の机の引き出しにも、キャビネットにも、一枚の原稿もなかったことは間違いないんですよ。念のために、ウチの社員が、立川さんの自宅マンションを調べに行きましたが、そこでも原稿は見つかりませんでした」

「このことを、社長さんは当時、いったい、どう考えられたんですか？　社内では、一人で特攻について調べていて、それが何年も続いたわけでしょう？　それなのに、原稿が一枚もないというのは、どう考えてもおかしいじゃないですか？」

「その点、私も同感なんです。実際に、原稿が一枚も見つからないんですから、仕方がありません。そうなって、私は、この特攻特集について調べる仕事を放棄せざるを得ませんでした。原稿があれば、今も申し上げたように、立川さんの遺稿として、ウチが関係している会社の雑誌に載せたあとで、本にしたいと思っていたんですが」

残念そうに、社長が、いった。

第四章　弟の日記

1

立川勝利のことが新聞に載った。その後、一部の週刊誌にも紹介された。多分、立川勝利の生涯がユニークで面白く、読者の興味を引くに違いないと、記者が考えたからだろう。

立川勝利は、太平洋戦争の末期に特攻隊員として、命令を受けて出撃した。その後、名誉の戦死が伝えられて、郷里の奥松島のK村では、立川勝利は軍神として尊敬される存在となった。

ところが、実際には乗っていた特攻機の故障で、敵艦に突入することが出来ず、出撃してから一ヶ月半も経って、突然一人で基地に帰ってきたのである。こうした経歴が面白いので、新聞が取り上げ、一部の週刊誌も記事にしたのだろう。しかし、本人にとっては、生き方を間違えた、いや死に方を間違えた悲劇である。

立川勝利のことが週刊誌に載った二、三日あとで、東京警視庁の捜査本部に、一人の女性が訪ねてきた。立川美里《みさと》という女性だった。

十津川が応対して話を聞くと、自分は、殺された立川勝利の弟、安男の妻だという。

美里は続けて、

「主人の立川安男は、二十年前に交通事故で亡くなりました。私の義兄に当たる立川勝利の遺体を、引き取りに参りました」

と、いう。

「立川安男さんは、お兄さんが何処に住んでいるのか、ご存じではなかったんですか？」

「はい、そうなんです。私の主人の立川安男は、私と結婚した後も、兄の勝利さんを、必死で捜しておりました」

「あなたは、立川勝利さんが、どんな運命をたどったのかは、ご存じでしたか？」

「ええ、もちろん、よく知っています。海軍航空隊にいて特攻の出撃を命じられ、基地から飛び立った後、消息が絶えたので、海軍のほうでは、予定通りに特攻をして敵艦に体当たりして亡くなったものと考え、軍神に祀《まつ》り上げられたこと。ところが、その後になって生きていたのが分かったこと。その辺りの話は、主人の安男からいろいろと聞いて知っております」

美里が強い口調でいった。

「弟の安男さん、あなたのご主人ですが、兄の立川勝利さんの行方をずっと捜していたんですか？」

「そうです。主人は、必死になって捜していました」

と、美里が、いった。

「戦争中なら、立川勝利さんが特攻で死ななかったことを恥じて、何処かに隠れていたことは、社会の情勢を考えれば十分に想像出来ます。しかし、戦争は終わったんですよ。それなのに、どうして、立川勝利さんは、戦時中のように逃げ廻《まわ》っていたんでしょうか？　逃げ廻る必要はなかったと思うのですが、弟の安男さんは、その辺のことについて何かいっていませんでしたか？」

「主人は、兄の勝利さんが戦争が終わったのに、どうして、家に戻ってこないのか、どうして、逃げ廻っているのかについて、自分の気持ちを話してくれました」

「戦争中、立川勝利さんは、一時的に軍神として崇《あが》められたのに、その軍神が実際には生きていたことが分かって、ご両親は、それで喜んでいたようですね。しかし、世間というのは冷たいもので、何だ、軍神にまでなったというのに、結局、特攻で敵艦に体当たりするのが怖くて逃げ廻っていたのか、卑怯《ひきょう》なヤツだと、非難する人もいたようですね」

「ええ、中には、そういうことをいわれる方も、たしかにいらっしゃいました。それでも、主人は、お兄さんが帰ってきたら、ご苦労様でしたといって、温かく迎えようと思っていたんです。しかし、奥松島のK村でも村人がどんどん出征して戦地に行き、亡くなる人の数が増えていきました。戦争で息子や兄弟、あるいは、父親を失う家庭が急に増えたんです。一人っ子を戦争で失った人もいますし、愛する夫をなくした人もいます。ですから、村全体が重く沈んでしまっていたんですよ。そんな暗い雰囲気のK村に、特攻で死んだ筈《はず》の勝利さんが生きて帰ったら、戦争で夫や息子など失った多くの人たちが、きっと白い目で、勝利さんを見るに違いありません。だから、勝利さんは、日本に帰ってもK村に戻り、家族に会おうとしなかったのだと、主人はいっていましたし、私もそう思います。戦争中は、死にぞこないみたいに批判され、戦後になったら、今度は家族を戦争で失った村人たちから、怒りの目を向けられるんです。勝利さんは、本当はすぐにでもK村に帰りたかったのに、帰ってこられずにいたんだと思います」

　と、美里が、いった。

「それで、弟の安男さんは、必死で、兄の勝利さんを捜していたんですね？」

「ええ。お兄さんを見つけ出して、どんなことがあってもK村に連れて帰る。これからは、家族揃ってK村で平和な時を過ごしたいと、主人は、いつも、そればかりいっていました。もし、兄の勝利さんが見つかったら、生きていたことを喜ぼうじゃないか。そんなふうに、私たちは考えていたんです」

「ご主人の安男さんは東京で通信社に勤め、記者として、兄のことを調べたりしていた。たしか、そうですね？」

と、十津川がきく。

「ええ、その通りです。通信社に勤めながら、夫はいつも、お兄さんの行方を捜していました。政府が勝手に特攻を始めたために生きているのに帰郷出来ず、家族にも会えない人間もいるのだといって、世界のあり方に、いつも怒っていましたね。夫の安男は、生前、ずっと、日記をつけていました。亡くなった後になって、その日記を発見しました。それを読んでみると、死ぬまでお兄さんのことを考え、社会に対して怒っていたのが分かります」

「日記には、具体的にどんなことが書いてあったんですか？」

と、十津川が、きく。

「捜査の参考になればと思って、日記帳を持ってきましたので、どうぞ、ご覧になってください」

何冊かの日記帳を置いて、美里は、帰っていった。

2

亡くなった立川安男は、生前書いていた自分の日記帳に、

「抗議の日記」

というタイトルをつけていた。

その日記を読んでいくと、テレビや雑誌などで、戦時中の特攻を賛美する人間がいると、すぐ、直接会いに行き、安男は、特攻はやってはいけない行為という立場から、相手と議論を交わしていることが分かった。

戦後何年か経って自衛隊が発足した時、安男は、特攻隊員を兄に持っていた人間として、航空自衛隊や陸上自衛隊、更に海上自衛隊のトップに会って話を聞いて、その

時の模様を日記に書きつけていた。

最初に、安男が会いに行ったのは航空自衛隊の最高責任者、M元陸軍大佐である。

その日の日記に、安男は、こんな文章を残していた。


私は、航空自衛隊に行って、Mという元陸軍大佐に会った。航空自衛隊のトップである。

最初は、航空自衛隊の訓練の様子を写真に撮ったり、隊員たちから万一の時の心得などをきいた。その後、M元陸軍大佐に面会した。

「自衛隊は、まだ出来たばかりですからね。どのような組織になるのかはまだ分かりません」

と、Mは慎重な言い方をした。

私は、兄が特攻隊員だったことを告げ、

「新しく日本を守る自衛隊になって、太平洋戦争の頃の日本軍とは、どこがどう違っているのですか？」

と、まずきいた。

小柄なMという元陸軍大佐は、私の質問に対して、神妙な顔で、こう答えた。

「自発的な戦法に始まって、あくまでも自衛隊は自衛隊として、日本に対する他国からの攻撃には断固として戦うつもりでおります。太平洋戦争を反省し、国際法規に照らして、もし、敵国から攻撃を受ければ、その気持ちで敵軍に対処するつもりです。われわれ自衛隊の行動は、つねにアメリカ軍との共同歩調を取ることになりますので、アメリカ軍とは、いつまでも仲良くしていきたいと思っております」

「昔の軍隊と今の自衛隊とでは、どこがどう違うのでしょうか？」

と、私は、Mに、質問をぶつけた。

おそらく、こうした質問をいつもされているのだろう。私の質問に対して間を置かずに、Mは落ち着き払った顔で、こんな返事をした。

「われわれ自衛隊は、その名称の通り、自分たちの国を守るためだけに存在していきます。ですから、無謀な戦いはしないことになっています。もちろん、こちらから攻撃することもありません」

Mが、こうした模範的な答えをすることは、もちろん、私にも分かっていた。そこで、私は次に、用意しておいた質問をぶつけてみることにした。

「今の自衛隊では、おそらく、特攻という作戦はとらないと思いますが、Mさんは、戦争中の、あの特攻という攻撃スタイルについて、どう考えておられますか？　正しいと思いますか、それとも、正しくないと思いますか？　ぜひ、Mさんのお考えをお聞かせください」

それに対して、Mは、こんなふうに答えた。

「特攻がいいとか、悪いとかいうことではなくて、私個人としては、戦時中の特攻というのは、単なる作戦のことではなくて、これは明らかに、大和民族独特の考え方によって生じた戦い方、いわば戦争哲学であると、考えているんですよ。しかし、自衛隊では、あのような特攻は、絶対に実施しないことにしています」

「今、Mさんは、特攻は大和民族独特の考え方による戦い方だといわれましたね？」

「そうです。そう考えるよりほかにありません」

「おっしゃっていることはよく分かります。しかし、Mさんは、特攻は大和民族独特の戦争哲学だといわれました。そうなると、太平洋戦争で実施された特攻は、大和民族だからこその攻撃だということになってきますよね？　ということは、いざとなったら、自衛隊も、太平洋戦争の時と同じように、特攻をするつもりなのではありませんか？　これ以外に戦う方法がなければ特攻に徹すると、当時の司令官もいっているんです。特攻こそ、日本精神の発露だと。その司令官と全く変わらない思想を、Mさんは持っていらっしゃる。そう考えてもよろしいですか？」

私が、そういって迫ると、Mは、急に困惑した表情になって、

「たしかに、大和民族独特の戦いの方法だといいましたが、だからといって、自衛隊が特攻作戦に走ることは絶対にありません。それは誓いますよ。特攻は、自衛隊では絶対にありません」

と、いう。

「そうですか。それなら、大和民族の精神だと肯定するのは、おかしいのではありませんか？　特攻が大和民族の精神に合っているといわれるのであれば、誰に遠慮することなく、自衛隊でも、正々堂々と特攻を使ったらいいのではありませんか？」

と、私は、いった。


立川安男の日記によれば、その後、今度は陸上自衛隊に行き、こちらでも同じように、元陸軍大佐のA氏に面会を求めて、話を聞いている。

A元陸軍大佐は、日本が再武装し、新たに陸上自衛隊が発足したあと、トップになっていた。

そのAに向かって、安男は、

「私の兄は、太平洋戦争で特攻を命じられています。陸上自衛隊のトップとして、太

平洋戦争での特攻について、どう思われるのか、それをきかせていただけませんか?」

と、きいている。

Aは、一瞬考えた後、特攻が正しいとも、間違っているともいわずに、こんな答え方をした。

「私は特攻隊員の雄姿に対し、無限の尊敬と謝意を捧《ささ》げるものであります」

「戦局が悪化し、特攻以外に、敵に対する攻撃の方法がなくなった場合、自衛隊はどうするのですか? 特攻をするんですか?」

「今も申し上げたように、特攻で死んだ若者たちに対しては、無限の尊敬と謝意を捧げるほかありません。これが、特攻に対する私の答えです」

「今、Aさんは、特攻で亡くなった若者たちに対して、無限の尊敬と謝意を捧げるといわれました。現在の日本の繁栄は、特攻で亡くなった若いパイロットたちによって成り立っている。つまり、特攻は間違っていなかったことになりますね?」

「特攻は立派で、尊敬すべき行為だというほかありません。しかし、だからといって、自衛隊は絶対に、特攻は行いません。これだけは間違いありません」

「よく分かりました。が、おかしいのではありませんか?」

「何がおかしいんですか?」

「特攻は立派で尊敬していると、Aさんは、おっしゃるわけでしょう？　それなら自衛隊として、どうして特攻行為を実行しないのですか？　無限の尊敬を捧げる立派な行為だとおっしゃるのであれば、これからも自衛隊が実行してもおかしくないのではありませんか？」

安男は、絡んでいったと日記にはある。

しかし、相手は無言のまま、何もいわず、終わってしまった。

海上自衛隊でも、同じように、トップに質問していた。

「太平洋戦争中、海軍では陸軍に先駆けて、特攻を開始し、敵の、航空母艦を攻撃させました。関大尉の敷島隊は大きな戦果を挙げました。この特攻に対して、立派な働きだといわれていますね？」

「私個人としては、特攻は、もちろん立派な行為だと、感じています。しかし、大きな世界で考えた場合には、二度と特攻はすべきではないと思っています。海上自衛隊では、いかなる時も、特攻はいたしません。それだけはお約束いたします」

と、相手は、きっぱりといった。

「これは、明らかに矛盾している」

と、安男は、日記に書いていた。

新しく発足した自衛隊の幹部たちは、揃って太平洋戦争の時の特攻は正しく、崇高な行為である。無限の尊敬を感じるといっている。

それならば、どうして、その実行に迷うことがあるのか？

大和民族の誇りというのであれば、新しい戦争でも、特攻を実行しても構わないのではないのか？

それなのに、自衛隊では、特別攻撃は、今後、絶対に実行しないという。この答えは、あまりにもきれいごとすぎるのではないだろうか？

今後、自衛隊では絶対に実行しないというのであれば、特攻を、しっかりと否定すべきなのである。

太平洋戦争中の特攻を賛美するのであれば、次の戦争でもまた、戦局が不利になれば、上に立つ人間は、兵士たちに向かって、特別攻撃、特攻作戦を命じるのではないだろうか？

私には、そう思えてならないのである。

安男は、日記にこう書いていた。

また、日記には、安男が、東京で兄の勝利に会ったと書いていた。

東京のような大都会にいれば、いつか何処かで、兄の勝利に会うことが出来るのではないかという思いを持って、東京で働くようになった。

あれは昭和三十六年だったろうか。東京でひとり暮らしを始めて三ヶ月目のある夜、突然私が借りているアパートに、兄の勝利が訪ねてきたことがあって、ビックリしてしまった。

驚いている私に向かって、

「久しぶりだな。元気だったか？　ずいぶん捜したぞ」

と、兄が、いった。

私が兄を一生懸命捜していたように、兄のほうも必死になって、私を捜していたのだと思った。

兄は、いきなり、こんなことをいった。

「お前が東京に住んでいることは、前々から知っていた。しかし、お前に会ったほうがいいのか、会わないほうがいいのか、その答えがなかなか出なくて、ずっと迷っていたんだ。それでも、お前に会おうと決心したが、昼間堂々と会いに来ることは、どうしても出来なかった。それで、こうして夜やって来たのだが、両親も、今、奥松島のK村にはいないそうだね。あの村を出てしまっているのは、いったいどうしてなんだ？」

そこで、私はこんな風に答えた。

「兄さんが特攻隊員として出撃して亡くなったことを、海軍から知らせてきました。その時から、兄さんは軍神として祀《まつ》られるようになっていたんですよ。村中の人たちが、兄さんのことはもちろん、両親、さらに、弟の私まで尊敬のまなざしで見ていました。家の前では、必ず最敬礼をしてから通り過ぎるような、そんな村人まで出るようになっていたんですから。ところが、兄さんが失敗して、基地に帰ってきた。軍神になっていた人が帰ってきたと分かると、今度は、村中から私たち家族は、非難を浴びることになった。軍神の死にぞこないとまでいわれて、家の前で最敬礼していた人たちが、逆に、石をぶつけるようになりました。こうなってくると、村に居続けることがだんだん難しくなってきて、仕方なく、私たち家族はK村を出て、別のところで生活するようになったんですよ。そこでは私たち家族は、兄さんのことは一言もいわず、兄さんが特攻隊として軍神になったことももちろん、誰にもいいませんでした。

そうやってひっそりと暮らしてきたんです」

「やはり、そうか」

「昭和二十年の八月十五日に天皇陛下の玉音放送があって、私たち国民は、長い戦争が終わったことを知りました。私も家族も、これでやっと正々堂々、兄さんと会えるようになるだろうと大喜びしたんです。ところが、それは全くの間違いだったと、すぐに思い知らされました。兄さんが軍神になった辺りから、日本中に戦死者が増えていき、K村でも何人かの村人が召集されて戦場に行き、そのうちの何人かが帰らぬ人となりました。戦死者のいる家庭がどんどん増えていったんです。今、兄さんがK村に帰ってきても、歓迎する人間も家庭も、多分ゼロでしょう。村人の中に戦死者が増えていくと、どうして、自分の父、兄、弟が戦死したのに、立川家には、生きて帰ってきた人間がいるのか？　どうして、特攻だったくせに、生き返って、帰ってくるのか？　おかしいじゃないかという、そんな声が聞こえてきたんです」

と、私がいうと、兄は、大きく肯《うなず》いて、いった。

「お前のいうことは、私にも、よく分かっている。だから、私も、K村には絶対に帰らないんだ。正確にいえば、帰りたくても帰ることが出来ないんだ。私の戦友で、戦争が終わってから生まれ故郷の村に帰った人間がいる。彼は、村人たちが、帰ってきた彼を歓迎してくれるものとばかり思っていたが、実際に帰ってみると、その村も戦死者の数が増えていて、生きて帰ってきたその戦友は、批判され、その上、どうして、彼だけが生きて帰ってこられたのかという一種、憎しみのような目で見られるようになってしまったそうだ。それで、戦友は、生まれ故郷の村に居づらくなって、とうとう村を出て、東京に逃げてきたといっていた」

「兄さんも同じですか」

「戦後は、アメリカのようなデモクラシーの社会になった。そういわれているが、決してそんなことはないんだよ。戦争に負けたにもかかわらず、捕虜になった人間とか、戦地で死なずに生きて帰ってきた人間に対して、戦死者を出した家族や、それまで辛《つら》い思いをしてきた人たちは、非難の目を向けるようになったと、私の戦友は悲しそうな表情で、繰り返していた」

「同じ日本人同士、同じ人間同士だというのに、どうして、温かく迎えることが出来ないのでしょうか？　それが理解出来ないんですが」

私が、いうと、兄は肯いて、こういった。

「私もそう思うが、それは仕方がないことかもしれない。生と死の間は、あまりにも大きいからね。戦死した兵隊の家族が、生きて帰ってきた兵隊のことを憎むのは、異常じゃない。むしろ当然のことなんだ。同じように戦争に行ったというのに、召集されて戦場に行き、生きて帰ってきた兵隊がいるのに、自分の息子や夫、兄や弟は、どうして死ななくてはならないのか？　理性で納得出来ることじゃない。とにかくおかしい。と、思う家族が多かった。それが事実なんだ。だから、私も、生き残って東京に住んでいるが、奥松島には帰ろうとは思わない。正直にいえば、生まれ故郷であるK村に帰りたいという気持ちが全くないわけじゃないが、村の人たちに憎まれるために帰るのは、まっぴらだ」

と、兄は、いい、唐突に、

「頑張ってくれ。いいか、頑張って生きてくれよ」

といい、兄は、私が止めるのも聞かずに、姿を消してしまった。

十日後の日記。

突然、訪ねてきて、突然姿を消してしまった兄の行方は分からないままだ。

弟の私が心配するのは、兄は今、どんな生活をして食べているのだろうかということである。

先日、突然、会った兄のことを考えると、おそらく、どこか体が悪いに違いなかった。顔色がよくなかったし、喋《しゃべ》る言葉にも覇気がなかった。兄と再会して以来ずっと、私は、そのことが気になって仕方がない。

兄が、特攻を命ぜられなかったら、今頃、K村に帰って、漁師になっているだろう。だが、特攻に選ばれたために、軍神になり、裏切り者になってしまった。生きていては、いけない人間になってしまった。

兄は、郷里に受け入れられない人間である。少なくとも兄自身はそう思っているのだ。そんな人間が、大会社に就職出来る筈《はず》がない。

中小企業でも、一応、過去は調べられる。その時に特攻崩れとか、特攻を命じられたのに、とうとう任務を果たすことなく、敗戦を迎えてしまったということが分かれば、兄は、おそらく、就職出来ないだろうし、もし、就職出来たとしても、その会社の人たちからも軽蔑《けいべつ》されて、社内で浮いた存在になってしまうだろう。

私は時々、アメリカ人の女性が書いた『菊と刀』という評論の中の言葉を思い出していた。

何よりも、日本人の頭の中には、恥という言葉が生きている。どんなに理屈がつくことであっても、それが恥ずかしいこととなれば、周囲が許さないし、自分自身が許さない。

兄は、今、いったいどんなところで働いているのだろうか？

私は、そのことが心配になってきていた。自分の過去を明らかにしてしまえば、一流会社には就職出来ない。おそらく、中小企業の場合も同じであろう。

そうなると、兄の仕事は、誰もやらないような苛酷《かこく》な条件の肉体労働とか、危険がつきものの仕事とか、そういう仕事ばかりに違いない。もっと狭く考えれば、どこかで悪につながっているような仕事しか、今の兄の勝利には見つからないのかもしれない。少なくとも、普通の人がするような仕事をしているとは、私には考えられなかった。

私には、そんな兄を、どうしたら助けることが出来るのか、分からなかった。

K村も、戦死者を出した家が多くなった。父や兄弟、夫を戦争で失った人たちから見れば、兄のような特攻崩れで、本来なら、戦死すべき人間の兄が、戦争が終わっても生き延びていることは、おそらく我慢が出来ないのだろう。

いくら考え直しても、兄が二度と、K村に戻ることはないだろうという、結論になってくる。

今、私がいちばん心配しているのは、K村に戻る希望を失った兄が、自暴自棄になって悪の道に入っていくことだった。昔から兄は、思い切ったことをやる性格だったから、ひょっとすると、生きることに絶望して人を殺してしまったり、あるいは、銀行強盗を働いてしまったりするかもしれない。今は、そんなことが架空の話ではなくなっているのだ。

毎日の朝と夕方に届く新聞を開くことが、怖くなっている。

そこに兄の顔写真が載っていて、「特攻崩れの犯罪」とか、「かつての軍神が今や犯罪者」といった記事があるのではないかと、不安になってくるのである。そこに兄の顔写真が載っていても、別におかしくはないからだ。

3

兄から、K村に住む私宛てに、何度か手紙が来たことがある。最初の手紙は、戦争が終わった翌年、たしか、昭和二十一年の五月か六月頃だったと記憶している。

そこには、こんな言葉が記されてあった。

〈昨日、さまざまなルートを使って、ようやく日本に帰ってくることが出来た。

こんなことを書くのは、もしかしたら、いけないことかもしれないが、正直いって、日本が戦争に負けてよかったのだと思っている。

もし、日本が今度の戦争に勝っていたら、私は、おそらくこうやって、日本に帰ってくることが出来なかっただろう。何しろ、特攻隊員に選抜されながらも任務を果たせず、その後、生き恥をずっとさらしていたからである。

日本が戦争に負けたおかげで、全てのことがチャラになったのだ。特攻だって、一時の狂気、国の狂気だということになるだろう。捕虜になることだって、恥ずかしいことじゃなくなるだろう。だから、アメリカ軍の捕虜になっていた兵士も、堂々と故郷に帰ることが出来る。

しばらくして落ち着いたら、K村に帰ろうと思っている。そうすれば、お前たちとまた一緒にのんびりと暮らすことが出来るだろう。

両親にもよろしくと、お前から伝えておいてくれ。K村での再会を今から楽しみにしている〉

これが、一通目の手紙である。

二通目の手紙は、こうなっていた。

〈昨日、東京で偶然、K村の人間に会った。私が出征する時、見送りに来てくれた友人の一人である。向こうは、私の顔を見てビックリしていた。

私は、その友人に、

「やっと戦地から帰ってきた。これからK村に帰って、家族と一緒に楽しく暮らすつもりだ」

と、いった。

本当にK村に帰るつもりだったから、私は、本心からそういったのだが、その友人から、こんなことをいわれて愕然《がくぜん》とした。

「今、君がK村に帰っていったら、間違いなく、罵声《ばせい》を浴びせられ、石をぶつけられるぞ。どうしてだか分かるか？」

と、きかれた。

私は、どう返事していいか分からず、

「いや、分からない」

と、いい、

「戦争は、もう終わったんだ。戦争で捕虜になった人間だって、日本が戦争に負けたおかげで、堂々と帰ってこられるんじゃないのか？」

と、私は、いったのだが、友人は、険しい顔になって、

「とんでもない」

と、いうのだ。

「どうして、私が村に帰ってはいけないんだ？」

「いいか、村にも戦争で死んだ人間を家族に持つ人が、何人もいるんだ。みんな、今回の戦争のせいで、一家の大事な働き手や愛する人を殺されてしまった。そんな人たちが、生き延びて村に帰ってきたあんたを迎えて、どう思うだろう？　それを考えてみたことがあるのか？　特攻で死んだと思った人間が、生きて帰ってきたんだ。一時は軍神だったのが、笑いながら帰ってきた。それを、働き手がいなくなってしまった家族が、いったい、どんな思いで迎えるんだ？　喜んで歓迎してくれるのか？　万歳を叫んでくれるのか？　とんでもない。そんなことをするわけがない。自分たちの家族が簡単に死んでしまったのに、どうして生きて帰ってきたんだ。立川家の長男は、特攻で戦死したと聞いていたのにおかしいじゃないか。死にたくなくて逃げ廻《まわ》っていたんだろう。そう思うに決まっている。だから、絶対に帰らないほうがいい。帰ったら、本当に石をぶつけられるぞ」

と、いわれたんだ。

私は、その友人に会うまで、本当にK村に帰るつもりだった。

そして、村に帰ったら、みんな、笑顔で迎えてくれるだろうと思っていた。何しろ、死んだと思った人間が帰ってきたんだからね。喜んでくれるだろうと思っていたんだ。

しかし、友人に会って、そんな話を聞かされた後は、K村に帰ることが出来なくなってしまった。友人のいうことがもっともだと思ったからだ。

村人たちから冷ややかな目で迎えられたり、罵声を浴びせられたりしたら、どうしたらいいのか？

私が村に帰ったせいで、両親や弟のお前に迷惑をかけたら、いったい、どうしたらいいのか？

そう考えたら、村に帰ることが出来なくなってしまった。

私は戦争が終わったら、戦争中のことは、どんなことでも全てがチャラになると思っていた。敵の捕虜になったことだって、特攻で敵の艦隊にぶつかる筈《はず》だったのに、任務を遂行もしないで帰ってきたことだって、全てがチャラになると思っていたんだ。

しかし、それは甘い考えだった。戦争が終わったって、恥であることはチャラにならず、恥のままなんだ。それはずっと続くのだ。戦陣訓はしつこく生き続けていたのだ。

私は、そのことをすっかり忘れていた〉

これが、兄から届いた二通目の手紙の文言である。

戦争中、捕虜になることは恥とされていた。

戦争が終わった。

ところが、敵の捕虜になったことは、戦争が終わった今でも、恥ずかしいことに変わりはないのである。

兄がいったように、戦争に負けてチャラにはならないのだ。依然として、戦争中、アメリカ軍の捕虜になったことは恥ずかしいことなのである。

兄のほうは捕虜になったのではない。しかし、特攻を命じられたのに、それに失敗して、死なずに生きている。それは戦争中は恥ずかしいことだったし、戦争が終わった今でも、恥ずかしいことなのである。

先日、陸海空の自衛隊の幹部の人たち何人かに会って話を聞いた時も、特攻に対しての考えは変わっていないことがよく分かった。

航空自衛隊の幹部も陸上自衛隊の幹部も、そして、海上自衛隊の幹部も、全員が揃って特攻を称賛した。

私は、現在の兄のことを、どう考えればいいのだろうか？

その答えらしい答えが見つからないままに、私は、先日会った自衛隊の幹部三人に、思い切って手紙を書いた。

もし、自衛隊法を改正するようなことがあったら、その第一条には必ず、こう書いてください。

〈自衛隊員は、自ら死ぬことは絶対に許されない。生は全てに優先する〉

ぜひ、この一文をつけ加えていただきたいのです。

こんな手紙を送ったのだ。

しかし、もちろん、三人の自衛隊幹部の中で、私に返事を寄越《よこ》した者は誰一人としていなかった。

4

この日記を残した弟の安男は、二十年前に交通事故死している。

兄の勝利も、最近になって死亡した。しかし、彼の場合は、病気や事故ではない。何者かによって殺されたのである。

弟の日記に書かれている兄の勝利は、人に殺される感じはなかった。逆に、世間に対する怒りから、兄の勝利が誰かを殺したというのであれば、かえって納得出来るのだが、これだけ不遇な人間が、最後に殺されてしまったのだろうか？

そこが、十津川警部から借りて日記を読んだ森田には、分からなかった。分からないからなおさら、なぜ、立川勝利が殺されたのか、その理由を知りたかった。

立川勝利が、戦後、日本に帰ってきていたことは間違いない。弟の日記がそれを証明している。

しかし、いったい、どうやって帰ってきたのだろうか？

兄の立川勝利は、ただ単に、特攻の生き残りというだけではない。どうやら、反戦的な人間として、上の人間から警戒されていたらしいことも分かってきた。

十津川警部の調べでは、基地にいる同僚のパイロットたちに、日頃から、立川勝利は、

「絶対に特攻にはなるな。基地の司令官とは目を合わせるな。目を合わせたら最後、

特攻に指名されてしまうぞ。だから、ずっと下を向いていろ」

と、いっていたからである。

立川勝利が、そんなことを、ずっといい続けていたことが分かっている。

だから、基地司令も飛行隊長も、立川勝利に対して、一刻も早く死んでくれと思っていたに違いない。

そんな特攻崩れの人間が、終戦を迎えたのである。終戦で全てがチャラになれば、立川勝利も戦友たちと一緒に、復員船で日本に帰ってきた筈である。

しかし、おそらく、一緒の船には乗れなかったのだ。もしかすると、終戦前にすでに基地から逃げ出していたのかもしれない。

基地を逃げ出した後、立川勝利は、ひたすら奥松島の郷里を目指していたのではないだろうか？　優しく迎えてくれると信じて。

しかし、立川勝利は、郷里には帰ってこなかった。

弟の安男の日記には、勝利が日本に帰ってきた後、東京でK村の友人に会い、その友人から、

「村に帰ってくれば、村人から石をぶつけられるに決まっている。絶対に帰ってこないほうがいい」

と、いわれたと、書いてあった。

森田は、その頃の雑誌を、図書館へ行って読んだことがある。昭和二十一年から、二十二年にかけての雑誌である。一部には、自由な言論を喜ぶ文面もあったが、それに反する意見も載っていた。

戦後を一言で言い表せるとしたら、それは「不公平」である。戦死した人間と無事で帰ってきた人間、シベリアに抑留された人間と帰国出来た人間、戦犯に指定された人間と逃れた人間、闇で儲《もう》けた人間と儲けられなかった人間、何もかも公平ではなかった。

それにしても、人によって様々な戦争があり戦後がある。それは、ひどく不公平なものだ。死んだ死なないだけでもまず不公平だ。戦争とそれに続く戦後のことを思い出すたびに、最初に頭に浮かぶのは、「不公平」という言葉だ。戦死した人、生き延びた人、家を焼かれた人、焼け残った人、早く帰国出来た人、抑留された人、日本人はこのことに、世界で一番こだわる人種なのではないだろうか。

戦死したといわれていた義弟が、捕虜として生きていることが分かった家族の様子が書かれた雑誌があった。

最初は、家中が喜びでわきたった。ところが、次には不安になってくる。生きていたのは嬉《うれ》しいが、何といっても捕虜ではないか。帰ってきてから、再び社会に出られるだろうか。小さい田舎のことだ。隣近所から、捕虜として冷笑されるのではないか。自分たちまで肩身の狭い思いをして暮らさねばならなくなりはしないか。名誉の戦死者の遺児として、世間から大事にされてきた二人の幼児はどうなるのか。ことに沢山の戦死者を出している土地である。その人たちの冷たい眼を受けて、平気でいられるだろうか。

そして、結論として、次のように書いている。

「軍人のいなくなった日本に帰る捕虜たちだ。ひろく温かい気持ちで迎えて悪夢を払ってやり、彼等が後世日本のために、十分働けるようにしてやりたいと思う」

しかし、問題の義弟がどうなったかは、書かれていなかった。

次のような、バカバカしい記事もあった。

「重要な問題が起きた。八月十五日に日本は降伏した。ところが、その後の捕虜は、戦争中の捕虜を軽蔑《けいべつ》し、非国民のようにいう。更に滑稽《こっけい》なのは、終戦後でもおそく来た捕虜ほど先の捕虜をバカにする傾向がある。米軍から見ると、戦争中も降伏後も捕虜は捕虜なのだが、彼等の間では、投降の期日が重大な問題なのである。事実それが帰還後の社会的処遇にもかなり影響するのではないかと言われている。捕虜同士の対立である」

こうした時代を、立川勝利と弟の安男は、生きたのである。森田は、何とかして、彼等のとくに勝利がどう生きたのか、どう死んだのかを、調べたいと、改めて思った。

第五章　自衛隊

1

森田は、範囲を広げて、立川勝利の復員の記録を再び追ってみることにした。旧復員局の書類は現在、厚労省が引き継ぎ、管理をしている。そこで、森田はまた、厚労省に行き、膨大な復員記録の中に、立川勝利の名前を探した。

二日かかって、見つけた立川勝利の書類には、昭和二十一年五月十五日、ブーゲンビル島から復員したと、はっきりと記されていた。第六師団第十三連隊の歩兵としての帰還である。

立川勝利は、森田の知っている限り、第六師団第十三連隊の歩兵として戦地にいたことはない。

森田の知っている立川勝利は、最初フィリピンのレイテ決戦で特攻を命令され、レイテ湾に集まっているアメリカの機動部隊に体当たりするために、出撃した。その後、郷里の奥松島のK村に、軍神として海軍から祀《まつ》られ、郷里では英雄として、迎えられた。

ところが立川勝利の乗った飛行機がエンジンの不調で不時着してしまい、生きて基地に帰ったことが判明した。

死にぞこないの特攻ほど、惨めなものはない。軍は、とにかく早く死んでくれと思うし、郷里は扱いに困る。立川勝利の一家は、村人たちの冷たい目に耐えられなくなって、村から逃げるようにして離れていったことが分かってきた。

その後の立川勝利本人がどうしたかは、はっきりしなかった。日本軍はレイテ決戦で敗北し、フィリピンから撤退することになった。その時、乗るべき飛行機を失っていた立川勝利は、終戦後、ブーゲンビル島から復員する第六師団第十三連隊に紛れ込んで、帰国したのだろう。

当時は、敗北につぐ敗北で、部隊全体が全滅するような激しい戦闘も各地で行われたから、立川勝利一人が紛れ込んだくらいでは、おそらく第六師団第十三連隊では、何の問題も起きなかったに違いない。

その後、立川勝利がどうしたのか。彼の弟、立川安男の日記によれば、東京で、兄に会っていると書いてあった。

たぶん、立川勝利は、その後の人生を郷里の奥松島ではなく、東京で生きてきたのだろう。

しかし、その実態を、いったい、どうやって調べたらいいのか？

森田が調べた厚労省の復員名簿によれば、第六師団第十三連隊は、昭和二十一年五月十五日に、三十五名が復員している。その中に立川勝利の名前も載っているのだが、その備考欄には、「以後、消息不明」と書いてある。

森田は、第六師団第十三連隊の兵士たちのその後の消息について、立川勝利以外の三十四人を一人一人調べていった。

しかし、すでに戦後七十年近くが経ち、ほとんどの兵士が死亡していた。

その中で、復員当時、伍長《ごちょう》と書かれている野木亮《のぎあきら》が、帰国してすぐ野木運送という会社を始めて、社長をやっていたことが分かった。

この野木運送が、現在も中央線の阿佐ケ谷《あさがや》に存在していることを知って、もしかすると、立川勝利について何か分かるかもしれないと思い、森田は、訪ねてみることにした。

もっとも、戦後、ブーゲンビル島から復員してきて、野木運送を始めた初代の社長、野木亮はすでに死亡していて、息子の野木信明《のぶあき》の時代になっていた。その息子の信明も、すでに六十代である。

　その野木社長は、森田に会ってくれた。

「戦争の話は、死んだオヤジからよく聞かされていましたよ」

　と、野木信明が、いった。

「たしか、戦時中、お父さんは第六師団第十三連隊に所属されていたと思いますが、戦争で兵隊の数も少なくなり、ほかの連隊の兵隊が紛れ込んできたこともあったそうですね？」

　森田が、きく。

「ええ、あの頃、そんなことはよくあることで、珍しくはなかったみたいですよ。とにかく、補充しなきゃいけないので怪しげな奴も入ってきたそうです。中には、軍艦を失った海軍の水兵までが陸軍の部隊に紛れ込んできて、水兵が歩兵になって、そのまま一緒に復員してきたこともあったと、オヤジは、笑いながら、話をしていましたね」

　と、野木信明が、いう。

「戦時中、あなたのお父さんが所属していた第六師団第十三連隊の中に立川勝利という兵隊がいて、一緒に復員してきた筈《はず》なんですが、お父さんから、この名前を聞いたことはありませんか？」

と、森田がきいた。

「覚えていませんが、オヤジが今の会社を始めた時、戦友が何人もいたそうですから、もしかしたら、その中に、立川勝利という人がいたのかもしれませんね。調べてみましょう」

すぐに職員録を持ち出して調べていたが、

「ウチの会社の名簿には、立川勝利という人は載っていませんから、ウチの社員ではなかったようですね」

と、いう。

「そうですか」

森田は、少しばかりガッカリして、そのまま礼をいって帰ろうとすると、野木社長が、呼び止めて、

「その立川という人ですが、海軍の飛行兵じゃありませんか？」

「その通りなんですよ。立川勝利さんというのは、先の戦争でいろいろな目に遭っていましてね。海軍の航空隊に所属していて特攻を命じられ、レイテ決戦の時に死んだと思われていたんです。一度は、国に命を捧《ささ》げたということで軍神に祀り上げられた

のですが、その後、実は死んでいなかったことが分かって、大騒ぎになった。いわゆる特攻の生き残りという人なんですが」

森田がいい、野木は、笑って、

「やっぱりそうですか。オヤジは、こんなこともいっていました。一緒に日本に復員してきた中に、特攻崩れが一人いて、自分が神様になった話をよく聞かされたと、いっていました」

「その特攻崩れの人物について、お父さんは、ほかに何かいっていませんでしたか？」

「そうですね。オヤジは世話好きな人だったので、日本に帰ってきてから自分で運送会社を作って、仕事のない戦友たちをその会社で雇ったりしていたんですよ。それで、その特攻崩れにも、一緒に働かないかと勧めたらしいのです。しかし、その特攻帰りの人は、自分はキャンプで働くから大丈夫だといって、オヤジの誘いを断ったそうです。それが、今あなたがおっしゃった立川勝利という人だったのかもしれません」

「そうだと思います。その特攻帰りの人が働くといっていたキャンプというのは、戦後、日本中にあった連合軍のキャンプのことですか？」

「そうだと思います。私が大学に入った頃、すでにキャンプはなくなっていたので、よく分からないのですが、その人は、アメリカ軍の大森《おおもり》キャンプで働いていたのではないかと思いますね。オヤジが、大森とか、品川《しながわ》とかいってましたから。ただ、確証はありません」

野木は、あまり自信がないような様子で、森田に、教えてくれた。

2

森田は、品川区役所に行って、戦後すぐの頃の品川の区史を見せて貰《もら》うことにした。

森田も、戦後すぐに日本中にというか、東京中にアメリカ軍やイギリス軍のキャンプがあったことを、知識としては知っていたが、そのキャンプがどんなものだったのかは、知らなかった。

品川区史によれば、終戦直後、大森海岸にアメリカ軍のベースキャンプがあったという。かなり大きいキャンプで、毎日五百人前後の日本人を雇って、キャンプ内の清掃や荷物の運送などの雑務をやらせていたとあった。

日給は一人十円前後。その頃、新しく発行された十円紙幣で日当が支払われたと、品川区史にはあった。

ただ、そこで働いていた労働者の名前は、出ていなかった。

しかし、森田が更に、区史を読み進めていくと、昭和二十一年八月一日のところに、「この日、日雇いでこのキャンプで働いていた、近藤次郎《こんどうじろう》（二十歳）が死亡」と書いてあった。その死亡のところには「射殺」とある。

さらに、

「大森のアメリカ軍キャンプの中では、死亡者は、この近藤次郎、二十歳のみ」

ともあった。

射殺というからには、おそらく、キャンプ内にいたアメリカ兵に撃たれて死んだのだろう。

品川区史には、それ以上のことは何も書いていないので、森田は、今度は連合の組合本部に行き、

「この件について、詳しいことが知りたいのですが」

というと、当時の記録を収めたマイクロフィルムを見せてくれた。

そこには、昭和二十一年八月一日、品川のアメリカ軍キャンプで、労働者の一人、近藤次郎、二十歳がアメリカ軍の兵士に射殺されたので、五百人で抗議に行ったと書かれていた。

ただ、抗議の相手になったのは、アメリカ軍ではなくて、厚生省の役人だったと書

いてあった。

この事件は、アメリカ軍キャンプで起きた労働争議として、かなり克明な説明がされていた。

当時、東京都内中にはアメリカ、イギリス、中国、オーストラリアなどのキャンプがあったが、中でも、アメリカ軍のキャンプは物資が豊富で、時には、キャンプ内にいるアメリカ軍の兵士が、働いている日本人に対して、余ったパンや菓子、タバコなどをくれることがあったので、日本人の間では、アメリカ軍のキャンプがいちばん人気が高かったとも書かれてある。

ある日、大森のアメリカ軍キャンプで、近藤次郎という男が砂糖袋を運んでいる時、つい、砂糖袋が無性に欲しくなったのか、突然それを一つ、抱えてキャンプから逃げ出そうとした。

当然、ゲートで銃を持ったアメリカ兵に誰何《すいか》された。

近藤次郎は、それでも構わずに逃げようとしたので、アメリカ兵が背後からカービン銃で狙撃《そげき》し、近藤次郎は死亡した。即死だった。

狙撃したアメリカ兵は正当防衛となった。いきなり射殺したのは人権蹂躙《じゅうりん》だとして、五百人の組合員がキャンプに抗議に出かけたが、応対したのは、アメリカ兵ではなくて、日本の厚生省の職員だった。

結局、射殺された近藤次郎が、砂糖袋を持って逃げようとしたのは犯罪であり、射殺されても仕方がないということで、この事件は、片がついてしまったらしい。

もう一つ、この事件について、組合側の説明が載っていた。

近藤次郎が砂糖袋を担いで逃げた時、アメリカ兵はいきなり銃で撃とうとした。その時、その場で働いていた数人の日本人の中から、二人の男が飛び出してきてアメリカ兵を組み伏せて、その銃を奪い、殴り合いになったというのである。

この二人は、それ以後、連合国のキャンプから締め出されて、働けなくなったと書いてある。

二人の男の名前を見て、思わず、森田は、

「あった」

と、叫んでしまった。

出入り禁止になった二人のうちの一人の名前が「立川勝利」と、はっきり書いてあったからである。

これで、終戦の翌年の昭和二十一年八月一日に、立川勝利は東京都内の大森にあったアメリカ軍キャンプで、働いていたことが、分かったのである。

少しだが、立川勝利の足跡が見つかり、森田は少し安堵《あんど》した。

3

大森のアメリカ軍キャンプから締め出された立川勝利が、その後、何処でどんな仕事に就いたのか、はっきりしない。

森田は、立川勝利が新しく仕事を求める時に、彼が持っている才能、能力、資格を、どう活《い》かして、どんな仕事に就いたかを、もう一度考え直してみることにした。

第一に、立川勝利は、プロペラ機を操縦する能力を持っている。それも、軍用機である。これは、次の仕事に就く上で、有利に働くだろう。

ほかに、彼は、どんなことが出来ただろうか？

プロペラ機を操縦出来る人間であれば、一、二週間も練習すれば、車を運転する資格と技能ぐらいは楽に取ることが出来るはずだ。

しかし、車の運転資格は、多くの人が持っているし、持っていない人も資格を取ろうとしていることだろう。おそらく、かなりの数になる筈《はず》である。だから、その中から立川勝利という一人の男を見つけ出すことは難しかった。

終戦から五年経った昭和二十五年八月、新憲法で軍備を廃止した筈の日本は、再軍備に踏み切った。警察予備隊という名前の組織を作り、七万五千人の人間を集めて訓練を行うことにしたのである。その後、警察か軍隊かの論争があったが、間違いなく軍隊である。

その時、元陸海軍の兵士だった人たちが、警察予備隊の採用試験にドッと押し寄せてきたという。応募者の五十パーセント以上が元軍人だった。

（元兵士の立川勝利も、警察予備隊に応募したのではないか？）

と、森田は、考えた。

立川勝利は、当時の軍部の特攻作戦には反対だった。

しかし、戦争や再軍備には反対ではなかったかもしれない。だから、彼が何か仕事が欲しいと思っていれば、この時、警察予備隊に応募したのではないだろうか？

そう考えても決しておかしくはない。むしろ、立川勝利の経歴を考えれば、自然なことだと、森田は思った。

そこで、森田は防衛省に行き、その時の募集内容や応募状況、そして、どんな人間たちが採用され、どんな人間たちが不採用になったのかをきいてみることにした。

昭和二十五年に朝鮮戦争が始まった時、日本に駐留していたアメリカ陸軍の第八軍は、国連軍として北朝鮮軍と戦うために日本を離れ、朝鮮半島に出兵した。

これにより、日本本土の防衛はゼロになり、手薄になった。そこで急遽《きゅうきょ》、マッカーサーが七万五千人の警察予備隊を募集することにしたのである。

現在、名前こそ警察予備隊ではあるが、これは明らかに警察ではなくて軍隊だったと、アメリカ自体がはっきりと認めている。

当時はまだ、仕事が少なかったので、そこで、多くの男たちが警察予備隊の募集に応募した。そして、採用された隊員の、約半分が元陸海軍の兵士だったといわれている。

応接室で、森田に応対してくれた防衛省の係官は、

「全て先輩から聞いた話ですが、当時の募集活動は、いろいろと大変だったらしいですよ」

「それは、どうしてですか？」

「何しろ、戦争放棄を宣言した新憲法になってからまだ数年しか経っていませんでしたからね。共産党や労働組合からは、毎日のように戦争反対の抗議がやって来て、その対応が大変だったらしいのです。先輩がいっていましたが、これは、誰が見ても警察予備隊ではない。どう考えても軍隊だと、そういっていましたね。何しろ、この警

察予備隊に、マッカーサーが、どんな戦車を持たせたらいいかを考えた時、ソビエトのT34に勝てる戦車が欲しいと、アメリカ本国には要求していたそうですから」

と、苦笑して見せた。

「その時の、応募者の名簿、あるいは、合格者と不合格者の名簿があれば、拝見したいのですが」

と、森田が、いった。

「どうして、応募者の名前まで知りたいのですか？」

と、係官が、きいた。

森田は、自分が今調べていることについて、そのまま相手に話した。

「私は別に、戦争反対でも軍隊反対でもありません。ただ一人の人間を捜しているだけなので、当時の名簿があれば、何とか見せていただきたいのです」

森田が正直にいったのがよかったのか、相手は森田に協力して、その頃の名簿を一緒になって調べてくれた。

当時の応募者の名前は、あいうえお順になっていたので、立川勝利の名前を探すのは、それほど難しいことではなかった。

立川勝利の名前は簡単に見つけることが出来た。予想通り、警察予備隊に応募していたのである。名前の横には、赤字で大きく「合格」とあった。

ただ、その応募者名簿に一緒に書かれてある住所を見て、森田は、少しばかり悲しくなった。

この時、多分、立川勝利は東京に住んでいたと考えられ、郷里の奥松島K村に帰っていたとは思えなかった。それなのに、応募者名簿に書かれた現住所は、宮城県奥松島K村となっていた。

やはり、立川勝利は、郷里に帰りたかったのである。

「これを見ると、立川勝利さんは合格していますね」

森田が、係官に、いった。

「今、森田さんがいわれたように、この立川勝利さんという方は太平洋戦争に参加されていますから、実戦の経験もありますし、戦争経験のない方とは覚悟の度合いが違います。それが合格の要因だったと思いますね」

と、係官が、いった。

合格者は北海道、東北、関東、東海、中国と、それぞれ集合場所が違っていて、その土地土地で訓練を受けることになっていたという。

当然のことながら、立川勝利は、現住所を宮城県奥松島K村と書いていたので、東北地方の宮城県仙台市に集合した筈である。

「合格者は、何処に配属されたんですか？」

「この立川勝利さんは、現住所が宮城県奥松島K村になっていますから、仙台の進駐軍が置かれていた場所で訓練を受けることになったと思います」

と、係官が、いった。

「今も東北の隊員たちは、仙台駐屯地の建物の中に寝泊まりして、そこで訓練を受けるわけですか？」

「ええ、その通りです。もちろん今は改装されて、昔に比べれば、はるかに快適な兵舎になっていますが」

と、係官が、笑いながら、いった。

森田は、すでに宮城県の仙台に行くつもりになっていた。

4

森田は新幹線で、翌日、仙台に向かった。昔、東北の師団は日本軍の中でも、ひときわ強かったという話を聞いたことがある。その多くが農民出身で、畑仕事で足腰を鍛えていたからだといわれている。

しかし、仙台が近づくにつれて、森田は、立川勝利は、どれくらい仙台にいたのだろうかと考えてしまった。

弟の安男は、郷里では兄の立川勝利には会うことが出来ず、東京で一回会っただけだと日記に書いている。

仙台に着くと、森田はタクシーで、郊外にある仙台駐屯地に向かった。

タクシーが仙台駐屯地に近づくにつれて、頭上を旋回するヘリコプターの数が、急に多くなった。

タクシーを降りると、金網の向こうに、戦車が何台か並んでいるのが見えた。

司令部では、まず広報担当の人間に、ここに来た理由を申告しなければならない。ひょっとすると、警戒されて話をして貰《もら》えないかとも思ったが、意外にあっさりと、応接室で広報部長が応対してくれることになった。

森田は、ここでも自分が調べていることを、広報部長に伝え、何とか協力して貰えないかと頼んだ。

「なるほど、よく分かりました。そういう問題であれば、われわれも、出来る限り協力しましょう」

と、広報部長は、いい、昭和二十五年、警察予備隊が発足した時に入隊した人間の名簿を見せてくれた。

なるほど、そこには、立川勝利の名前があった。住所も東京ではなく、宮城県奥松島K村となっていた。

昭和二十九年七月一日、航空自衛隊の発足と同時に、彼はそちらに移っているから、ここ仙台にいたのは、ほぼ四年間という計算になってくる。

問題は、わざわざ故郷近くの仙台の部隊に配属されたのに、なぜ空自に移ってしまったかである。ただ単に、空自の方が自分に合っているからというのではなさそうである。

森田は、広報部長に、立川勝利が、ここをやめ、新しく発足した空自に移った理由をきいてみた。

「第一は、やはり空自が発足して、とにかく飛行経験のある人が欲しかったんだと思いますね。当時の人事担当者の話では、うちの小隊にも、飛行経験がある者は、ぜひ、新しい空自へ来て欲しいという、パンフレットが来たそうですから」

「それで立川勝利さんも、空自へ行ったわけですか？」

「そう思います。空自では、出世も早いみたいなことも書かれていたそうですから」

「確か、私が調べたところでは、立川さんは、復員してきて、とにかく、郷里の奥松島K村に帰りたがっているんです。この仙台の小隊に来たので、その夢の半分ぐらいはかなったわけでしょう。それなのに、どうして空自に移ったのか、本当の理由を知りたいのですが」

「当時、空自に移った隊員には、うちの人事担当者が面接しています。あとで問題が起きると困りますのでね。その人事担当者は、すでに辞めていますが、記録は残っているので、目を通してください」

と、広報部長はいった。

立川勝利の面談記録も、残っていた。森田はそれに目を通した。

立川勝利は現在、特車の小隊長をしている。

戦時中は海軍航空隊で、零戦のパイロットであり、戦局が悪化してからは、特攻を命ぜられたが、終戦で無事帰還した経験の持ち主である。

更にいえば、宮城県奥松島K村の出身である。仙台の小隊に配属され、郷里に近くなったというのに空自に行きたいというのは、何か理由がある筈《はず》である。それを聞いてみることにした。

最初は、なかなか話そうとしなかった。が、空白に移るのに必要だからということで、やっと喋《しゃべ》ってくれた。確かに、話したがらないのは、当然だと思った。

昭和十九年、フィリピンのレイテ決戦で、立川は、特攻を命じられた。その後、突入したと伝えられ、新聞には死亡、二階級特進が報じられ、故郷と家族には「軍神」になったことが知らされた。軍神になった立川は、郷里の誇りであり、家族の自慢でもあった。

ところが、実際には突入前にエンジン故障で不時着していて、時間をかけて、基地に戻ってきて大騒ぎになった。海軍では、生きていた英霊を持て余し、郷里は生きていた軍神をバカにした。

終戦になって、立川は、これで郷里に帰れると思ったが、そうはならなかった。

奥松島でも、K村でも、戦死者が沢山出ている。その家族にしてみれば、軍神騒ぎを起こしておいて、実は無事に帰国した立川勝利の存在は、憎らしかった。バカにされているような存在だったというわけである。

立川は、友人から、K村の雰囲気を知らされていた。だから、仙台にいながらなかなか帰れなかったという。

立川は結局、仙台にほぼ四年間いながら、一度も郷里K村に帰れなかった。

「そんな時に、空自からの誘いがあったので、移ることにしました。何処の基地に廻《まわ》されるか分かりませんが、空からK村を訪ねては行けると思うので、それが楽しみです」

と、立川勝利は最後にいっていた。

弟の安男の日記によれば、昭和三十六年に会ったとき、兄は、ちゃんと働いている様子がなかったという。

（とすると、立川勝利は、空自に移ってから、なぜか長くいたわけではなく、辞めてしまったに違いない）

と、森田は思った。

森田がきくと、係官は、

「確かに空自で事件が起きています。昭和二十九年に発足したんですが、一年とたたない時に、事件が持ち上がっています」

という。

「どんな事件ですか？」

「昭和二十九年に、陸、海と同時に、空自が発足したんです。一般からも募集しましたが、陸自と海自からも、出向しています。多分、立川勝利さんも、陸上自衛隊から出向したんだと思いますね。戦時中、海軍の航空隊におられたんでしょう？」

「そうです。戦闘機乗りで、特攻を命じられたが、終戦になっています」

「それなら、ますます航空自衛隊に出向したというか、引き抜かれた可能性がありますね」

「戦時中パイロットなら、空自では優遇されたんじゃありませんか？」

「そう聞いています。パイロットを養成するには、時間と金がかかりますから」

「それで、事件の話をしてください」

「実は、昭和二十九年に発足した時から、空自には問題があったんです」

「どんな問題ですか？」

「特攻と戦闘機です」

「どういうことか、分かりませんが」

「戦時中の日本は、陸軍航空と海軍航空に分かれていましたが、どちらも同じ欠点を持っていました。それは戦闘機重点主義で、戦闘機乗りが花形なんです。例えば連合艦隊は戦闘機乗りの源田《げんだ》少佐の発言力が強くて、南雲《なぐも》中将がハワイ攻撃の司令官なのに、源田艦隊みたいないい方がされてしまう。戦争の終末になって、B29みたいなバカでかい爆撃機が戦局を決めてしまうのに、日本は全くそれに対する備えがなかったのです」

「確かに」

「もう一つは、特攻です。特攻で死んだ若者は立派だが、作戦としての特攻は不可というのが、一般的な評価でしょう。特攻の父といわれる大西海軍中将でさえ、『特攻は統率の外道である』といわれています。当然、新しい日本の軍隊では、いかなる場合でも、特攻は不可でなければいけないのです。ところが、あの頃の空白の幹部の中には、特攻は作戦としても秀《すぐ》れていると主張する者がいて、それに対して、主として実戦の経験のある隊員たちが、反対の決議書を提出しているのです。将来の空白を心配してです」

「その決議書が、戦闘機重点主義とどうかかわってくるのですか」

「いや、これはつながっているんです。専門家から見れば、戦闘機重点主義の先に、特攻があるんです」

「よく分かりませんが」

「戦闘機重点主義、それも超がつく重点主義ですから、いつも花形は戦闘機乗りです。源田サーカス、加藤隼戦闘隊、大空のサムライ坂井三郎も、全て戦闘機です。そのため、アメリカのB29のような爆撃機も作れなかったし、何よりも爆撃照準器は最後までドイツのものを改造して使っていたのです。そうなると、爆撃で、アメリカ機動部隊を攻撃する方法が分からず、戦闘機に爆弾を積んで体当たりになってしまうわけです」

「なるほど。それで、決議書はどうなったんですか？」

「決議書も、国を思う心からということで、不問にすることになったんですが、決議書に署名した一人が、どうしても幹部の中にある特攻の考えが許せないとして、辞職してしまいました。その人が、森田さんのいわれた立川勝利さんだったといいます」

「なぜ立川さんが？」

「空自の幹部は、陸自と海自から来ていました。時代が時代ですから、旧陸軍と、旧海軍です。旧陸軍から来た空自の幹部は、『旧航空陸軍の用兵思想の間違い』と反省していたのに対して、旧海軍上がりは、特攻に関して『敵の弱点を打ち、その強みを封ずるごとく特色ある戦備として、航空兵力による特攻を最重要視した』と、特攻作戦を是としているんです。同じ海軍で、特攻を命ぜられた立川さんは、どうしてもその幹部の考えが許せなかったんでしょうね」

「立川勝利という人には、いつまでも、特攻がついて廻《まわ》っていたんですね」

と、森田はいい、最後に立川勝利が仙台にいた時、仲の良かった隊員を紹介して欲しいと頼んでみた。

広報部長が紹介してくれたのは、すでに退職していて、現在仙台駅近くで、カキの店を出している山本という元隊員だった。

彼はすでに、八十歳を過ぎていたが、記憶力は衰えず、立川勝利の思い出を話してくれた。

「妙な奴だなと思ったのは、仙台の小隊に入ったのに、郷里のK村に行けないと沈んでいるのを見た時ですよ。さっさと行けばいいのに、変な奴だなと思いましたね」

と、山本がいう。

「弟さんのことは、聞かれなかったですか？　名前は立川安男です」

「聞いていません。今から考えると、奥松島のことや、K村の話はよくしていましたが、家族のことは、全く聞いていませんね。家族に迷惑がかかることでも、あったんですかねえ」

「多分そうでしょう」

「しかし、おかしな話ですねえ」

と、山本がいう。

「何がですか？」

「自分の命を投げ出すのが特攻でしょう。それ以上の献身はないでしょう。それが、ちょっとミスしたくらいで、家族に迷惑と考えてしまうなんて、おかしいじゃありませんか」

と、山本はいうのだ。

森田は、それには答えず、逆に、

「立川勝利さんと、他にどんなことを話したのか、覚えていたら教えてください」

「とにかく、昔の話ですからねえ――」

「いいから話してください」

「一つだけ、彼がこんなことをいったのを、今でも、よく覚えているんですがね」

と、山本がいった。

「どんなことをいったんですか？」

「死ぬまでに、ある程度の、まとまった金が欲しい。そういっていましたね。まとまった金なら、俺だって、欲しいよといったら、今度は、死ぬまでにどうしても、まとまった金が、必要なんだと、いい直していましたよ。だから、立川には、相当な額の、借金があるんじゃないかと、思っていたんですが、そんな感じには、見えませんでしたね。あの時、彼は、どうしてあんなことを、いったんでしょうかね？」

山本のほうが、質問をするような形で、森田に、いった。

そういえば、立川勝利は、東京の小さなマンションで、殺されたのだが、まとまった額の預金を持っていたという話を、聞いたことがある。

どうして、立川勝利は、まとまった金が、欲しいと思っていたのだろうか？

それに、その金は、どうやって、作ったものなのだろうか？

「当時、立川勝利は、あなたに、まとまった金を貸してくれといったことは、ありませんでしたか？」

と、森田が、きいた。

「いや、そういうことは、全くありませんでしたね」

「しかし、まとまった金が欲しいとは、いっていたんでしょう？」

「それはいっていました。だから、よく、覚えているんですが、それなのに、私やほかの友人に、金を貸してくれといったことは、一度も、ありませんでしたね」

5

森田は礼をいって、その店を出た。

またここで、立川勝利の足跡が消えてしまった。昭和二十五年、警察予備隊に入り、四年間仙台にいたあと、昭和二十九年に空白に移っている。しかし、空白も正義感から翌三十年には辞めてしまっているのだ。

何とか郷里のK村に、近づきたくて、警察予備隊に応募し、仙台の小隊に入ったのではなかったのか。

しかし、とうとう、立川勝利は、郷里には帰らないままに、いや、帰れないままに空白に移っている。

しかも、昭和三十年にその空白も飛び出しているとしたら、その後、どうしたのだろうか？

6

その頃、東京では、十津川警部が、部下の刑事たちと、殺された立川勝利の預金のことを、調べていた。

立川勝利は殺された時、九十三歳である。何処かで働いていたという形跡は全くない。第一、九十三歳では、何処かに勤めるというのも難しいだろう。

とはいっても、十津川がいくら調べても、彼が年金をもらっていたという話は、なかった。

それなのに、どうして、まとまった額の預金が、あったのか？

「調べるのが、少し怖いですね」

亀井刑事が、柄でもないことを、口にした。

「どうして怖いんだ？」

「死んだ立川勝利は、今年九十三歳ですよ。それも、何者かに、殺されたんです。その上、奥さんがいたという様子もないし、子供がいたという話もありません。そんな男が、まとまった預金を、持っていたんですよ。もし、何か、悪いことをして、手に入れた金だとすれば、今よりもさらに、あの老人は、可哀そうな人間だということに、なってしまうじゃありませんか？　だから、怖いのですよ、調べるのが」

亀井がいう。

「それにしても、被害者の立川勝利は、あの金を、何のために、貯めていたんでしょうか？　何に、使うつもりだったんでしょうか？」

北条早苗《ほうじょうさなえ》刑事までが、心配した顔で、十津川に、きく。

亀井刑事は、調べるのが怖いといったが、だからといって、預金について調べないわけにはいかなかった。犯人逮捕のきっかけに、なるかもしれないのである。

その金は、マンションの近くにあるK銀行の支店に、普通預金の形で、一千万円だけ預けられていた。

十津川と亀井は、支店長に会って、いろいろと、質問をしてみた。

「二年前に、突然、立川勝利さんは、預金をしていますね？」

と、十津川が、きいた。

支店長は、

「二年前のこの日ですが、突然、現金で一千万円を、持って来られたんです。ボストンバッグに入れて。そして、これを預金したいと、いわれたのですよ」

「その後、この預金は、どうなっているのですか？」

「そのままです。毎年利息がつくのですが、立川さんに、電話をすると、元金の一千万円は、そのままにしておいてほしいといわれて、利息だけ、取りに来ていましたね」

「立川勝利さんは、二年前に、預けてから一度も、この一千万円には手をつけたことはないんですか？」

と、亀井が、きいた。

「今も、申し上げたように、一年ごとに、利息分だけ現金で、持っていかれましたが、元金の一千万円のほうには、一度も、手をつけられたことはありません。それならば、五年定期とかにしたほうが、利息が、大きくなりますからお得ですよと、お勧めしたこともあるのですが、立川さんには、そういう考えは全くないみたいでしたね。おそらく、ご自分が死んだら、この一千万円は、そのまま誰かに、贈呈されるつもりだったのではないでしょうか？　それとも、一千万円で、後始末を頼んだのか？」

「なるほど。それで、そういう人から電話が、支店長さんにかかってきたことはありませんか？」

「今のところは、ありません」

「もう一度確認しますが、二年前に突然、一千万円の現金を持ってきて、預金した。そうですよね？」

と、十津川が、いった。

「そうです」

「その時、立川勝利さんは、何か、いいませんでしたか？」

「何かといいますと？」

「例えば、自分に、万が一のことがあったら、こういうふうに、使ってくれとか、そういう具体的な話は、なかったんですか？」

「全く、ありませんでした。私どもも、今、困っているんです。このままでいくと、あの、一千万円は受取人が見つからなくて、国庫に、入ってしまうんじゃありませんかね？　そんなことになったら、いかにも、残念ですからね」

と、支店長が、いった。

十津川も、もちろん、その一千万円の、使い道が知りたかった。

K銀行の支店長は、誰かに贈呈するつもりではなかったのかといった。十津川も、その線は、大いに考えられると思っていたが、肝心の、その誰かが分からなくてはどうしようもない。

この先、受取人が、現れなければ、マスコミの力を借りて、新聞に『たずね人』として載せて貰《もら》ってもいいと、十津川は、思っていた。

だが、すでに、事件が明らかになって一週間が、経っているのに、一千万円の受取人が現れない。

十津川には、そのことが、不思議で仕方がなかった。

第六章　最後の仕事

1

十津川は、K銀行杉並支店の支店長に、もし、立川勝利の預金一千万円のことで何かをいってくる人間がいたら、出来るだけ引き留めておいて、その間に、私に連絡してほしいと頼んだ。

支店長の話によれば、立川勝利が現金で一千万円を持ってきて預金したのは、今から二年ほど前だという。

立川勝利が殺されたあと、その一千万円の預金について、あれは自分のものだとか、自分がもらう権利があるといったことをいってくる人間が、現れたことは一度もないし、問い合わせの電話がかかってきたこともないという。

だとすれば、十津川が支店長に頼んだことも、おそらく、無駄になってしまうだろうと覚悟はしていた。

ところが驚いたことに、支店長に頼んでから五日目に、十津川に、支店長から、電話が入って、

「中年の男性の方なんですが、この銀行に、立川勝利名義の、預金一千万円があるだろう？　その半分は俺のものだから、もらう権利がある。早く現金化して五百万円分を渡してくれと、さっきから動こうとしないんですよ。どうしたらいいですか？」

と、支店長が、いった。

「すぐそちらに行きますから、私たちが到着するまで、何とか引き留めておいてください」

十津川は亀井と二人、覆面パトカーで、K銀行杉並支店に急行した。

銀行に着くと、支店長がホッとしたような顔で、二人を迎えた。

「刑事さんに来ていただいて、助かりました。男は今も二階にいて、とにかく、立川勝利の一千万円の半分は、俺のものだといい張って、動こうとしないのです。正直いって、どう対応したらいいのかが分からず、困っています」

「どんな男ですか？」

と、十津川はききながら、エレベーターに向かって歩いて行った。

「年齢は、五十歳前後だと思いますね。今、ウチの行員が応対しています。青白い顔

の、鋭い目つきをしている男なので、ちょっと気味が悪いのですが、今のところ、暴力をふるう気配はありません」

「名前は、いいましたか？」

「最初は、名前を聞いてもいわなかったので、『五百万円をお渡しする時には、そちらのサインが必要なのです』といったら、やっと名前をいいました。岩井芳郎《いわいよしろう》というのだそうです」

支店長は、メモ用紙を、十津川に見せた。そこには、乱暴な筆跡で「岩井芳郎」とあった。

エレベーターで二階に上がる。

K銀行杉並支店には、二階に小さな応接室が三つ、用意されている。そのいちばん奥の部屋を、支店長が指差した。

十津川が黙って、その応接室のドアを開けた。

中年の男が座ったまま振り返って、ジロリと、十津川を見た。

十津川たちは、応接室の入り口に近い椅子に腰を下ろした。

何かすえたような、男の体臭がした。支店長がいっていたように、顔色が青白い。

十津川は、そうした男の雰囲気から、なるほどと合点がいった。

おそらく、この男は、何処かの刑務所を、出所したばかりなのだ。預金を取りに来なかったのは、何処かの刑務所に入っていたからだろう。取りに来たくても、来ることが出来なかったのだ。

「岩井芳郎さんだね？」

と、まず、十津川が、きいた。

「ああ、そうだ」

男は、面倒くさそうな顔で、短く答える。

「あんたは刑事だろう？」

と、きく。

「そうです。私は、十津川という警視庁捜査一課の刑事です」

十津川が、警察手帳を相手に見せる。

「やっぱりな。この支店長が慌ててたから、多分、警察に連絡したんだろうと思っていた。そのうち警察が駆けつけてくるだろうと予想していたさ」

と、岩井は、いったが、逃げ出そうとする気配はない。

「この銀行に、立川勝利さんが、一千万円の預金をしていることは、どうして知ったんですか？」

あくまでも丁寧な口調で、十津川が、きいた。

「当たり前だよ。立川本人から、聞いていたんだから」

と、岩井が、いう。

「立川さんが、この銀行に一千万円の預金をしたのは、今から二年前のことですよ。どうして、もっと前に来なかったんですか？　何か来られないような事情でもあったんですか？」

と、十津川が、わざときいた。

「そりゃあ、こっちにだって、いろいろと都合というものがあるんだ。予定通りにはいかないさ」

「二年の間、ムショに入っていたんじゃないのか？」

亀井が、横からいった。

「二年間入っていたとすれば、たぶん、傷害だろうな」

十津川が、いうと、岩井が初めて、ニヤッと笑った。

「ああ、その通りだよ。仙台の宮城刑務所にいたんだ」

「岩井さんと立川勝利さんとは、いったい、どんな関係ですか？　どうして、立川さんは、一千万円の預金のことを、岩井さんに話したんでしょうか？」

「立川とは仕事仲間だよ。一緒に仕事をしていたんだ」

「どんな仕事ですか？」

「ちょっとばかり、危ない仕事だ。危ないけど、金にはなる仕事さ。二人でその仕事をやったんだ」

「その報酬が、一千万円ということですか？」

「まあ、そんなところかな。二人で一千万円、悪い仕事じゃなかったが、その代わり、まかり間違えば死んでしまったかもしれない命懸けの仕事だった」

と、岩井がいう。

「岩井さん、あなたは今、五十代でしょう？」

「そうだ。今年で五十五歳になる」

「それに比べて、立川勝利さんは九十三歳で亡くなっています。ずいぶん年が、離れていますが、それでも一緒に、仕事をやったんですか？」

「ああ、そうだ。年は関係ないだろう。あいつと一緒に、同じ仕事をやったことは、間違いないんだ」

「具体的にいうと、どんな仕事ですか？」

「それはいいたくない」

岩井が、首を振った。

「話したくなければ話さなくても結構ですが、それでは、五百万円は渡せませんし、あなたを逮捕しなければならなくなりますよ」

十津川が、強い口調で、岩井を脅かした。

「おい、ちょっと待ってくれよ、刑事さん。俺は、ついこの間ムショを出てきたばかりだし、ムショを出てからは、警察に逮捕されるようなことは、何一つやっていないぞ。それなのに、どうして、俺を逮捕するんだ？」

「殺人容疑ですよ。立川勝利、九十三歳を殺害した容疑です」

「冗談じゃないぜ。俺は、立川を、殺してなんかいない」

「どうして、殺してないと、いい切れるんですか？」

「だから、さっきからずっといっているじゃないか。立川と二人で同じ仕事をやっていたって。いくら何でも、仕事仲間を殺したりするもんか」

「それなら、仕事の内容を、はっきりといって貰《もら》わないと、われわれとしては、やっぱり、あなたを逮捕しなければならなくなりますよ」

と、もう一度、十津川が、脅かした。

それでも、岩井が黙ったまま、何かを必死に考えていると、十津川が、

「それじゃあ、私のほうから、あなたと立川さんが二人で、どんな仕事をしていたのかを当ててみましょう」

十津川は、相手の顔を、じっと見つめてから、

「もしかしたら、二人で飛行機に乗ったんじゃないですか？　九十歳を過ぎても操縦は出来ますからね。それが、あなたのいう仕事ですね。乗ったのは国内の飛行機ではありません。おそらく、国内なら、鉄道や車を利用したほうが、楽ですからね。ですから、あなたたちが使ったのは海外に行く飛行機で、それも単なる旅行ではないでしょう。そうなると、残るのは一つしかありません。飛行機を使っての密輸です。運んだのは麻薬じゃないのですか？」

十津川が、いい切ると、岩井は、驚きの表情になった。

「どうして分かったんだ？」

と、岩井が、きく。

十津川が、笑った。

「九十歳を過ぎた立川さんに、若い頃のような、力仕事が出来たとは、とても、思えませんからね。唯一、立川さんの自信は、飛行機の操縦が出来ることです。ですから、それで、あなたと一緒に、仕事をやったんですよ。日本国内なら新幹線でも済むのに、

飛行機を使ったんなら、海外の仕事だろうと考えたんですよ。飛行機を使った密輸、それも、覚せい剤かアヘンか、まあ、そんなところでしょう。どうですか、図星でしょう？　それとも、違ってますか？」

十津川は、もう一度、岩井の顔を見た。

「俺を逮捕するというのなら、もう何も喋《しゃべ》らないぞ」

と、岩井が、いう。

「いや、あなたを逮捕したりはしませんよ。われわれが知りたいのは、立川勝利さんを殺した犯人のことです。犯人を見つけたいんですよ」

「今の言葉はウソじゃないだろうな。俺がいろいろ喋った後で、逮捕されるんじゃ間尺に合わないからな」

「絶対に逮捕しないと約束しますよ。その代わり、本当のことを喋ってくださいよ。そうしたら逮捕はしませんから」

と、十津川がいった。

2

「立川と一緒にやったのは、飛行機を使って麻薬をフィリピンから日本まで運ぶ仕事だ。こう見えても、俺は昔、航空会社でパイロットとして働いていたことがある。立川と組んだのは、戦争中、あいつがフィリピンの周辺で戦っていたから、フィリピンの空のことは、誰よりもよく知っていると、思ったからだ。あいつが軍神という神様になってたことは聞いていたし、特攻だったことも、知ってた。俺が、特攻崩れかといったら、立川は笑いながら、いったよ。俺は特攻崩れなんていう、そんな上等なものじゃない。俺は特攻の落ちこぼれだ。特攻からこぼれて、それを引きずって今日まで生きてきた。そんなことを立川は、いってたな。俺と立川は、あるグループの指示で、まず初めに、フィリピンのマニラまで飛んだ。行きは普通の旅行者と同じにジェット機で行ったから楽勝だった。問題は帰りさ。ルソン島の奥のS島という小島に小さな飛行場があって、ヘロインやヒロポンが集められて、それを古い双発のDC－3という旅客機を使って、日本まで運んでくるのが、俺たちの仕事だった。DC－3は小さい飛行機だから、一気にフィリピンから日本まで飛ぶというわけにはいかない。だから、島伝いに飛ぶことになった。フィリピンから沖縄、奄美《あまみ》大島、南九州、そして、山陽、最後は、もちろん、まともに一般の飛行場は使えないから、北陸の能登《のと》半島にある千里浜《ちりはま》まで行く。海岸が固いことで知られている千里浜だよ。あそこなら間違いなく、ＤＣ－３が着陸出来る。そこで、麻薬を積んだＤＣ－３を、立川の操縦で能登半島の、あの千里浜に着陸させたんだ。それも薄暗くなった夕方にだよ。受取人が、あの砂浜に何台もの車を連ねて待っていた」

「その成功報酬が、二人で一千万円ということか？」

「ああ、そうだ。あんな危険な飛行をやったんだから、俺たちにしてみれば、二人で一千万円なら安いくらいだ。本当ならもっと、最低でも一人一千万円ぐらいはもらいたいところだ」

「それから、どうしたんですか？」

「あの千里浜で、俺と立川は一人五百万円ずつ、合計一千万円の現金を受け取って、そこで、はい、さよならと消えることになっていたんだ。ところが、麻薬を渡した奴が、やたらに、威張りやがってさ、カッとなった俺は、その相手をつい殴りつけ、蹴《け》飛《と》ばしてボコボコにしちゃったんだ。俺が、そんなことをしてしまったもんだから、相手が、お前には成功報酬を渡さない。お前の分は立川に渡しておくから、落ち着いたら、立川から半分の五百万円をもらえと、そういわれてしまったんだ。その後、大人しく東京まで帰ればよかったんだよ。ところが、俺にしてみれば成功報酬の五百万円はまだもらっていないし、スポンサーの男が、もうどうにも我慢が出来ないほど威張りくさりやがってね。だから、東京に行く列車の中で、ついまたケンカをしてしまった。それも運の悪いことに、俺が殴った男が、全治数ヶ月のケガで、入院しやがった。俺が暴力をふるっていた時、車内にその目撃者がいて、警察に通報されて、東京駅に着いた途端に待ち構えていた警察に、逮捕されちまった」

「それで二年間、ムショ暮らしというわけですか？」

「ああ、そういうことだ。さすがの俺も、あの時は、情けなかったよ。成功報酬の五百万円をもらって、しばらく遊ぶつもりだったのに、その金はもらえないし、傷害で逮捕されちまうし、揚句の果ては二年間のムショ暮らしになってしまったんだからな。泣くに泣けなかったさ」

　その後、岩井は、途中で面倒くさくなったのか、急に口数が少なくなり、十津川が何かをきくと、

「もう、これでおしまいだ。俺の知っていることは全部話したぞ。もういいだろう？とにかく、早く帰らせてくれよ。五百万円は現金化して、俺にくれ」

「いや、申し訳ないが、あなたにはもう一日、付き合ってもらいます。もっと詳しく、あなたと立川のことを話して貰《もら》いたいんですよ。あと一日だけ、付き合ってください」

　と、十津川が、いった。

「俺は無職でヒマだから、いいが、金は、ちゃんと、もらえるんだろうな？　一千万円の半分の、五百万円だ。それを保証してくれるのか？　金がもらえないのなら、俺は帰るぞ」

と、逆に、きき返してきた。

その岩井の質問には答えず、十津川は、

「今日は、ここまでにしましょう。明日は朝から、話を聞きますから、そのつもりでいてください」

その日の夜、岩井を駅近くのホテルに泊まらせ、十津川と亀井は、ホテルの近くに覆面パトカーを停めて、車の中で夜明けを待つことにした。

3

翌日、十津川は、支店長に頼んで、五百万円分の預金を現金化して貰うことにした。

それが現金化されると、十津川が領収書を書き、その五百万円の現金を持ってK銀行を出ると、今度は、近くの喫茶店に、岩井を連れていった。

4

十津川は、次第に苛立《いらだ》ってきた。岩井が、肝心なことになると、急に沈黙してしまうからである。

「私は、あなたを逮捕しようとは思っていません。だから、安心して本当のことを喋ってほしいのですよ。亡くなった立川勝利さんと、あなたとの関係を、もっと知りたいだけなんです。あなたは昨日、立川勝利さんと一緒に飛行機でフィリピンに行って、麻薬を飛行機で運んだといっていましたが、その辺のことも、もう少し詳細に、話して貰いたいのですよ」

十津川が、いうと、岩井は、チラリと十津川の手元を見つめて、

「全てを話したら、その五百万円を、渡してくれるのか？　昨日もいったように、五百万円は俺の正当な取り分なんだ。それを忘れないでくれよ」

「分かっています。ただ、それは、あなたが、どこまで本当のことを話してくれるかにかかっている」

十津川は、あくまで慎重だった。

「何度でもいいますが、あなたと立川勝利さんとの関係を知りたいんです。どうやって知り合って、立川勝利さんと一緒にフィリピンに飛び、麻薬の密輸の仕事を手伝うことを承諾したのか？　まず、そこから話してくれませんか？」

「分かったよ。話すよ。立川勝利は俺の友だちというよりも、もともとは、死んだ俺の親父の、友だちなんだ」

と、岩井が、いった。

「どんな、友人なんですか？」

「昔、親父は航空自衛隊にいたことがある。その頃、立川と俺の親父は一緒の部隊にいたんだ」

「それは、いつ頃の話ですか？」

「自衛隊は昭和二十九年に発足したんだが、その時、親父は航空自衛隊に入ったんだ。その時に保安隊から移ってきたという立川勝利と知り合ったと、親父は、いっていた」

「それで、立川勝利さんと、あなたのお父さんとは、いったい、どんな友だちだったんですか？」

「俺の親父は、戦争中の実戦体験は持っていなかった。ただ、航空自衛隊というのは、何とも面白そうだということで入ったらしい。そこへ立川が入ってきて、友人になった。アマチュアの親父から見ると、立川勝利は何といっても実戦の経験があったし、特攻の生き残りだったから、親父は、彼のことを尊敬していたと思う。時々、立川勝利の話を、俺に聞かせていた」

「それで？」

十津川が、先を促した。

「ここからは全部、死んだ親父から聞いたことなんだが、それからまもなく、突然、立川は、航空自衛隊を辞めてしまった。親父の話じゃあ、立川は、航空自衛隊の幕僚長の考え方に、ついていけなかったとかで、ケンカをして辞めてしまったらしいが、本当のところは俺には分からない」

「なるほど」

「これも親父の言葉なんだが、ある時、立川が、航空幕僚長に、戦争中の特攻について質問をしたらしいんだ。そうしたら、立川を怒らせるような答えを、航空自衛隊の幕僚長がしたらしい。幕僚長の答えが、立川には気に入らなかったんだろうね。ウワサでは、幕僚長を殴ってしまって、その処分が出る前に、さっさと、辞めてしまったらしい。とにかく、戦争中の特攻のことで、幕僚長とケンカをして、航空自衛隊を辞めていったのは本当だと、親父は、いっていたよ。俺の親父は、戦争中の特攻隊員を尊敬していたんだが、自身が特攻隊員だった立川とは、どういうわけか、議論をしてもケンカにはならなかったらしい。二年前、親父が病気で死んだ。近所の寺に墓を造って、たまたま俺が墓参りに行ったら、そこに、立川勝利が来ていたんだ。その時、俺は、金に困っていて、例のフィリピン行きの仕事を受けようかどうしようかで迷ってたんだ。そうしたら、立川も、何か自分に出来る仕事はないか？　差し当たって五百万の金が欲しい。それだけあれば、郷里のK村に、帰ることが出来るかもしれないっていったんだ。それを聞いた時、俺は、しめたと思ったね。金さえ出せば、立川は俺の仕事に乗ってくる。そう思ったので、俺は立川に、今、あるところから頼まれてる仕事があるんだが、よかったら、一緒にやらないかといって、密輸の話をしたんだよ」

と、岩井が、いった。

十津川は、岩井に、もっと詳しい話をきくことにした。

本当のことを話してくれれば、君の五百万円は、この場で渡すと、十津川がいったので、岩井は、俄然《がぜん》口が軽くなって、いろいろなことを、次から次に話し始めた。

「それで、俺は、少しばかり危険だが、間違いなく、金になる仕事だ。一緒にやらないかと、誘ってみた。そしたら、意外なことに、その仕事というのは、どんなことをやるのかとか、詳しく話を聞かせてほしいというんだ。そんなに危険じゃなければ、その話に乗りたいと、立川が、いったんだ。俺は親父の話から、立川という奴は、麻薬の密輸なんかには手を出さないだろうと思っていたんで、断ってくると思ってたんだが、これなら脈があるかもしれないと思って、少しばかりウソを交えて、仕事のことを立川に話した。まず、俺たちは航空機でマニラに飛ぶ。そこまでは正規のルートで行くから、危険なことは何もない。この後、フィリピンのＳ島に行き、その奥地にある、旧日本軍の作った飛行場に行く。そこに、オンボロのＤＣ－３が停まっている。すでに荷物が積み込まれているから、俺たち二人で、そのＤＣ－３を操縦して日本に帰ってくればいいだけの話だ。ただし、正規の飛行場には降りずに、帰りは、金沢近くの千里浜に強行着陸する。あんたには、ＤＣ－３の離陸の時と、千里浜に着陸する時、その二回、操縦をお願いしたい。それで成功報酬は、一人五百万円。どうだ。やる気はあるかと、立川に聞いた。誰が聞いてもうさん臭い話だから、俺はてっきり立川が断ると思ったんだ。そしたら、意外にもあっさりと、立川は、自分にやらせてくれというんだ。その一ヶ月後、俺たち二人は、いよいよその仕事を始めた。正規のルートでマニラに向かった。立川は、その時、懐かしそうにマニラの市街を見つめていたな。立川は、戦時中、特攻隊員に選ばれ、敵の艦船に体当たりする訓練をしていた時のことを、思い出したといっていたよ。立川は、この時すでに九十歳を超えていたが、飛行機の操縦に関しては、プロの俺から見ても、間違いなく超一流だった。凸凹した滑走路からのDC－3の離陸も、立川は難なくこなしたし、固い砂浜の千里浜への着陸も、うまくやり遂げた。もちろん、DC－3は、飛行距離が短いので、フィリピンから日本までノンストップで一気に飛ぶことは出来ないから、農業用の飛行場を使って着陸し、そこでガソリンを補給した。何とか成功報酬として二人で一千万円をもらい、五百万円ずつ山分けするつもりだったんだが、日本に着いた途端に、自分のせいで、俺は、警察に捕まっちまった。それで、俺は立川に、二年後に刑務所から出てくる時まで、俺の分も一緒に銀行に、預けておいてくれといったんだ。立川は、分かった。お前の分をしっかり保管しておいてやるから安心しろといったが、何しろ、法律にふれる危険な仕事を、二人でやって手にした金だ。俺が二年間、宮城刑務所に入っている間に、立川が俺の分と合計一千万円を持って、姿をくらましてしまうことだって、十分あるだろうと、俺は、そんなことも考えた。俺は、立川が約束をちゃんと守ってくれることを念じながら、宮城刑務所に入って、二年間を過ごしたんだ。二年後、俺は出所したが、立川は死んでしまっていた。ただ、K銀行杉並支店に、一千万円が預けられていることは知っていたんだ。一千万円の半分の五百万円は、俺の正当な報酬なんだから、五百万円をもらおうと思って銀行に行ったら、刑事のあんたが、いきなりやって来た。まあ、そういうことだよ」

5

十津川は、いちばんききたいことを質問した。

「どうして、立川勝利は、麻薬を運ぶ旅客機の操縦なんか引き受けたんでしょうか？この件で、立川勝利は、あなたに何かいっていませんでしたか？」

十津川が、岩井に、きいた。

「俺も、自分から危ない仕事に誘っておいておかしいといわれるかもしれないが、刑事さんと同じ気持ちなんだ。立川が、あの仕事を引き受けてくれて助かったことはホントなんだけど、少しばかり驚いたよ。何しろ、立川のおっさんは、戦争中は英雄だったんだからね」

「いや、英雄ではなく、正確には特攻隊員だ」

「俺の親父がいってた。立川勝利は、戦争中は軍神だった。神様になっていたんだって」

と、岩井が、いう。

「もう一度確認しますが、フィリピンに行った時、行きは正式なルートを飛行機に乗っていったが、帰りはＤＣ－３で帰ってきた。それで間違いありませんね？」

「ああ、ないよ」

「あなたは、フィリピン周辺の飛行では、立川勝利が、もっぱら操縦していたと、そういっていましたね？　それも間違いありませんか？」

「俺は、パイロットだったから、飛行機の操縦免許を、持っているんだが、フィリピンの周辺は、立川のほうが詳しかったから、それで彼に操縦を頼んだんだよ」

「立川の操縦はどうでした？　上手でしたか？」

「少しばかり乱暴だったが、見事だったよ。あの操縦テクニックは、もうプロ中のプロだね。レーダーに捕まるのがイヤだから、俺たちは、海面すれすれに飛ぶことにしてたんだが、俺だったら、あんな芸当は出来ないね。何しろ、立川ときたら、海面から百メートルくらいのところを、ずっと飛び続けても平気だったからね。ただ、ＤＣ－３という飛行機は、昔はいい飛行機だったかもしれないが、今や時代遅れになっている旧型の飛行機だ。それに、俺たちが乗ったＤＣ－３は、中古のボロ飛行機だったからね。俺なんか、今にも落ちるんじゃないかと思って、冷や冷やしていたのに、立川はそのオンボロの飛行機を、騙《だま》し騙し、平気な顔で操縦していたよ。立川という男は、本当に大したヤツだよ。ああいう男はなかなかいないと思ったね」

「日本まで帰ってくるのに、何処かに着陸して、ガソリンを補給したといっていましたよね？」

「ああ、そうだよ。DC－3というのは今の飛行機に比べれば、足がずっと短いからね。どうしても フィリピンから日本までには、何回か、給油しなければならなかったんだ」

「それなら、日本まで、かなりの時間がかかった筈《はず》ですが」

「ああ、かかったよ。わざと昼間は飛ばずに、夜だけ飛んだこともある」

「じゃあ、その間、立川勝利といろんな話を、したんじゃありませんか？」

「ああ、話したね。とにかく、飛んでいる間も、かくれている時もね。黙っていると、墜落しそうで不安だったからさ。何しろ、いつ落ちても不思議のない、オンボロの飛行機だったから、墜落の不安を紛らわせたくて、まあ俺の方からとにかく、喋《しゃべ》り続けずには、いられなかったんだ」

と、いって、岩井が、笑う。

「どんなことを話し続けたのか、それを、具体的に教えて貰《もら》えませんか？」

「俺の知らない戦争中の話が多かったな。こっちも戦争中のことが新鮮で、面白かったんだ。何しろ、立川は、戦争中の英雄だったんだからな。それで、俺も危ない仕事を引き受けた理由を聞いてみた。それが知りたいんだろう？」

「それで、立川は、あなたに何と答えたんですか？」

「最初のうちは俺が聞いても、立川は、ただ笑うだけで、何も答えてくれなかったさ。ただ、こんなことはいってたな。たしかに、戦争中、一度は英雄になったことはある。しかし、英雄なんか一銭にもならないし、英雄になんかなっても、ただ面倒くさいだけだ。だから、まとまった金が欲しくて、今回の仕事を引き受けた。とにかく、理由は金だ。それしかない。立川は、そういっていたよ」

「まとまった金が欲しかったと、立川は、そういったんですね？」

「ああ、そうだよ」

「五百万が欲しいと、具体的な金額もいったんですか？」

「ああ、そうだ。五百万欲しいと、はっきりいっていた。だから、飛行機で、薬をフィリピンから運ぶ仕事の話をしたんだ。それなら、一人当たり五百万円くれるというからだよ」

「あなたがその仕事のことを話したら、立川も喜んだんですか？」

「奴が本心から喜んだかどうかは分からないが、二つ返事で、その仕事をやろうといったね」

「立川勝利は、奥松島のK村という小さな村の生まれなんです。そのことは知っていましたか？」

「ああ、もちろん知っていたさ。親父からも聞いていたし、フィリピンから日本まで、何時間も一緒に飛んだんだからね。その飛行中に、二人でいろんな話をしたんだ。その時も、生まれ故郷の、K村の話もしたよ。最初のうち、立川は郷里のことをあまり話したがらなかった。でも、二人だけで飛んでいるうちに、少しずつ喋ってくれたんだよ。立川は奥松島のK村に帰りたいんだが、どうしても帰れないというんだ。俺にしてみれば、帰りたいのに帰れないというのは、わけが分からない。だって、そうだろう？　帰りたいなら、さっさと帰ればいいじゃないか。別に生まれ故郷が消えちまったわけじゃないんだからさ」

「帰れない理由を、立川に聞きましたか？」

「ああ、もちろん聞いたよ」

「そうしたら、立川は、どう答えましたか？」

「立川は、いったよ。物理的に郷里に帰るのは簡単だ。だが、心の問題だし、金の問題だといっていた」

「よく分かりませんね」

と、十津川が、いった。

「俺にもよく分からなかったから、分かるように話してくれといったんだ」

「そうしたら？」

と、十津川が、きく。

「その答えかどうか分からないが、こんなことをいった。郷里に帰ろうとすると、昔だったら大歓迎してくれる村人たちの顔が浮かんできた。それが、ある時からは、郷里に帰ろうと考えると、村人たちの冷たい顔とか冷ややかな目とか、そんなものが、まず浮かんできてしまうんだ。だから、なかなか帰れない。誰だって故郷からは温かく迎えられたいからね。冷たい目が見えるのに、無理やりそんなところに帰れないじゃないか。そんなふうにいっていたんだ」

「五百万円の金さえあれば、郷里に歓迎されると思っていたんですかね？」

「さあ、どうだろうかね。俺にも、そこのところがよく分からなかったよ。ただ、五百万もらえる仕事が欲しいと、立川は、そればかりいっていたからね。五百万あれば、故郷に帰れたのかもしれないな。飛んでいる時も聞いてみたんだ。五百万あれば、冷たい故郷に温かく迎えられる自信があるのかってね」

「そうしたら？」

「立川は、いったよ。五百万円あったら、そのうちの三百万円を故郷のK村に寄付する。そして、残りの二百万円で小さな墓を造る。その墓を郷里の寺に置いてもらうんだと、いっていた」

「三百万円の寄付ですか。かせいだ金の半分以上を寄付することで、冷たい故郷が温かくなる。立川は、そう信じていたんでしょうか？」

「いや、その話をした時の立川の顔を見ていたら、そんなふうに信じているとは、とても思えなかったな」

「どうしてですか？」

「だって、立川は、とても自信がなさそうな顔をしていたからな。それでも、立川にしてみたら、それで何とか、故郷が自分を許してくれるんじゃないかと思っていたらしい。俺は、それより墓の話のほうが、気になったね」

「どうして？」

「何でも、今回の東日本大震災のせいで、海から近いところにあった寺では津波を受けて、ほとんどの墓石が倒され流されてしまったそうだ。流されてしまった墓石を捜し出しては、それを何とか、元の場所に戻しているそうだ。あいつの墓もそんなだったらしいから、俺はその墓について、立川に聞いたんだ。あんたは、故郷が冷たいといっているが、寺の敷地に、あんたの先祖の墓があるんだったら、それでいいじゃないかと、いったんだよ」

「そうしたら？」

「その墓というのがさ。よく分からないんだが、どうもほかの墓石に比べてやたらに、大きいらしいんだ。立川は、その大きな墓石をどかして、そこに、ほかの墓と同じくらいの大きさの、墓を建てたいと、いっていた。やたらに墓の大きさに拘《こだわ》っていたね」

「立川には、弟さんが一人いました。立川安男という名前でね。弟さんは、兄さんを見つけたくてあちこちを捜し回ったりしていたんですが、交通事故で兄さんより先に、死んでしまいました。この安男さんという弟さんのことを、立川は、話していませんでしたか？」

と、十津川は話題を変えてきいた。

「立川は、家族のことをほとんど喋らなかった。それが何時間も同じ飛行機で飛んでいると、急に、その弟、たしか今、刑事さんがいった安男という名前だったと思うんだが、その弟のことを話し出してね。一度喋り出すと止まらなかった。立川はそれだけ、その弟のことが気になっていたんだろうね。その弟のためにも、新しい墓を建てたかったんだな」

「ほかに何か、思い出したことはありませんか？」

と、十津川がきき、最後に岩井が、いった。

「そういえば、墓のことで、もう一つ立川がいっていたことがあったな」

「どんなことですか？」

「何でも、その墓には、立川家の墓と彫りたいが、それが駄目なら、弟の名前だけでも彫りたいと、いっていた。俺と違って、弟は、故郷に迷惑をかけていないから、故郷でも、弟なら受け入れてくれるだろうと、立川は、そんなことをいっていたんだ」

と、いってから、岩井は、思い出したように、

「これだけ話したんだから、五百万円の現金は、間違いなくもらえるんだろうね？」

「もちろん分かっていますが、少し待ってください」

十津川は、店の外に出ると、電話を捜査本部にかけた。

電話がつながると、十津川は、西本《にしもと》刑事を呼び出し、

「私たちは今、K銀行杉並支店のそばにある喫茶店にいる。ここまで何分で来られ

る？」

と、きいた。

「車を使えば、三十分で着くと思います」

と、西本が、答える。

「近くまで来たら、電話をくれ。今いった喫茶店で、岩井芳郎と話をしている。五百万円の現金を、その岩井に渡す。現金を持って店を出た岩井が、いったい何処に行くのか、尾行して貰《もら》いたいんだ。立川勝利を殺した犯人も、必ず岩井芳郎のことを尾行すると思う。五百万円の現金を持っているからね。もし、岩井芳郎を尾行する人間がいたら、ただちに逮捕して、捜査本部に連れてきてほしいんだ」

「分かりました。今からそちらに、向かいます」

西本がいっていた通り、三十分後に、電話があった。

「現在、問題の喫茶店の近くに車を停めて、入り口を、監視しています」

十津川は、その報告を聞いた後で、五百万円の現金を取り出し、それを岩井に渡した。

「やっと、五百万円もらえるのかよ。本当に苦労したぜ。もともとこれは、俺の金なんだ」

「分かっています」

「領収書でも書くか？」

「領収書は、必要ありません」

と、十津川は、笑った。

「俺のことを尾行しようなんて、つまらないことはするなよ」

岩井は、捨て台詞《ぜりふ》を残して、店を出ていった。

十津川は、ウエイトレスに改めて二人分のコーヒーを頼み、

「これで、あとは、尾行がうまくいくかどうかだな」

と、亀井に、いった。

第七章　帰　還

1

タクシーを拾った岩井は、まっすぐ東京駅に向かった。西本と日下《くさか》の二人が乗った覆面パトカーが、東京駅まで尾行した。

東京駅で岩井がタクシーを降り、仙台駅までの切符を買ったことを確認してから、西本が、十津川に電話をした。

「今、東京駅にいます。岩井は新幹線『はやて』のグリーン車で仙台まで行くようです」

「岩井は、本当に仙台までのグリーン車の切符を買ったんだな？　間違いないのか？」

「そうです。間違いなく、仙台までの切符を買ったことを確認しました。私と日下の二人も、このまま彼を尾行して仙台まで行くことにします」

「誰かに尾行されている感じはないか？」

十津川が、きいた。

「今のところ、それらしい人間は見当たりませんね」

「そうか。しかし、くれぐれも油断するなよ。万全の注意をしていてくれ。仙台へ行くと見せかけて、途中の駅で降りてしまう可能性だって、ないとはいえないからな」

「分かりました。十分に注意します」

岩井は、九号車のグリーン車に乗って、東京駅の売店で買ったウイスキーを飲みながら、いかにもご機嫌そうである。表情からもリラックスしている様子が見て取れた。おそらく、五百万を手に入れて、懐が暖かくなったからだろう。

それでも、西本と日下の二人は十津川にいわれた通り、油断せず、慎重に尾行を続けていた。

グリーン車の岩井は、しばらく週刊誌を読んでいたが、今は座席に座ったまま、眠ってしまっているのだろうか、じっと目を閉じている。

（どうやら、この様子では途中下車をすることはないだろう）

と、西本は、思った。

「はやて」が仙台に到着し、岩井が列車を降りる。

「今、仙台に着きました。岩井は仙台駅で降りて、タクシーを拾いました。行き先は、まだ分かりません」

と、十津川に報告する。

「分かった。何か変わった動きがあったら、すぐに連絡してくれ」

十津川がいう。

岩井を乗せたタクシーは、松島の方向に向かって走っている。

海が見えてくる。

天気がよく、松島湾には、たくさんの遊覧船も出ている。

しかし、岩井はタクシーを降りず、そのまま海岸沿いを奥松島の方向に走っていく。

「岩井のヤツ、いったい、何処に行くつもりなんだ？　まさか、松島を見物しに来たわけじゃないだろう」

岩井が乗ったタクシーを見ながら、日下がいった。

その時だった。

突然現れた二人の男が、両手を広げてタクシーを停めた。

次の瞬間、二人の男は、タクシーの後部座席から岩井を引きずり出した。それを見て、西本と日下の二人もタクシーを停めて、外に飛び出した。

二人の男は、岩井を抱え込むようにすると、彼を引きずって、前方に停めておいた黒塗りの車のほうに向かっていく。

その様子を見た西本は、走りながら拳銃《けんじゅう》を取り出した。

彼らに向かって、西本は大声で、

「止まれ！　止まらないと撃つぞ！」

と、宙に向かって拳銃を一発発射した。

普段は冷静な西本が、いきなり、そんな荒っぽい行動に出たのは、相手の二人の男が素人ではないような気がしたからである。

突然の銃声に驚いた二人の男は、岩井を道路に放り出すと、黒塗りの車に乗り込み、その場を立ち去ろうとした。

しかし、西本に銃をつきつけられると逃げることを諦《あきら》めたのか、しぶしぶ車から降りてきた。

日下が、

「おい、大丈夫か？　どこか、ケガはしていないか？」

と、起き上がれないまま、道路にうずくまっている岩井に声をかけた。

しかし、岩井は何もいわず、呆然《ぼうぜん》とした表情で宙を見つめるだけだった。

2

「君たちを逮捕する」

西本と日下は、二人の男に手錠をかけた。

「名前をいえ」

と、西本が、いったが、二人の男は、ふてくされたような表情で、何もいわずに黙っている。

日下が携帯で一一〇番にかけ、地元の警察に応援を頼むことにした。
七、八分して地元警察のパトカーが二台、サイレンを鳴らしながらやって来た。それに二人の男と岩井を乗せて、近くの警察署まで連れていった。
その警察署で部屋を借りて、西本が二人の男を尋問している間に、日下が、十津川に連絡を取った。

「二人の男が、突然、岩井を襲ってきましたが、逮捕して、今、西本が二人を尋問しています」

と、日下が、いった。

「それで、岩井はどうした？　無事だったのか？」

「ええ、大丈夫です。ケガはありませんでした」

「襲ってきたのは、いったい、どんな連中なんだ？」

「二人とも、何もいわないので、よく分かりません。ただ、タクシーに乗っていた岩井を襲って拉致《らち》し、車で連れ去ろうとしたのですが、手口から見て、素人とは思えません」

「おそらく、岩井や立川に、飛行機で麻薬を運ぶ仕事を依頼した連中に違いない。その辺を徹底的に洗ってくれ」

しばらくの間、二人の男は、だんまりを決め込んでいたが、西本と日下が執拗《しつよう》に追及を続けると、二時間ほど粘った後で急に喋《しゃべ》り始めた。

十津川が予想した通り、二人の男は、立川と岩井に、危ない仕事を頼んだS組の連中だった。

二人の男の証言によると、頼んだ仕事が一応うまくいったので、二人には約束の金を支払ったのだが、その後、立川と岩井のことが信用出来なくなった。

そこで、まず立川勝利を襲って殺しておいてから、次に、ムショを出てきた岩井を殺して、口封じをしようと考えたというのである。

「あんたを襲った二人組は、例のS組の連中だったよ。あんたが欲張って、もう少し金を寄越《よこ》せとか何とかいって、要求したんじゃないのか？」

西本がいうと、岩井がニヤリと笑って、

「S組のヤツらときたら、俺たちに、あんな危ない仕事をやらせておきながら、一人当たり、たったの五百万円しか寄越さないんだよ。いくら何でも、あれだけのヤバい仕事をやらせておきながら、五百万じゃ、あまりに少なすぎる。そう思わないかい、刑事さん？　最低でも一人一千万円はもらわないと割りが合わない。俺は、そういっただけだよ。何も欲張ったわけじゃないさ」

「いずれにしても、あんたのその一言で、S組の連中は、あんたたちを信用出来なくなったんだろう？　こいつらを生かしておいたら、いつか、喋るんじゃないか。そうなれば、自分たちがヤバくなってくる。おそらく、連中は、そう考えて、あんたたちを殺そうとしたんじゃないのか？　実際に立川勝利を殺したんだ」

「あの仕事の後で、俺は、つまらないことでムショ入りしちまったんで、逆に、これでしばらくは安全だろうと思っていた。立川には、一応、S組のヤツらには用心しろよと、注意だけはしておいたんだけどな。あいつは、そういうことに無関心だったよ。俺がいくら注意しても、俺は一度死んでるからと、笑ってるんだ」

岩井が、笑いながらいう。

「しかし、こんなところに一人で来るなんて、命をとってくれといっているようなもんじゃないか？　危ないとは思わなかったのか？」

西本が、いうと、岩井は、顔をしかめて、

「ああ、危ないさ。襲われることは十分予想していたさ。そんなことは、刑事のあんたに、いわれなくたって、俺自身がいちばんよく分かってる。ただ、どうしても来なきゃいけなかったんだ。自分の取り分をもらったら、その後一つだけ、死んだ立川の願いをかなえてやりたかったんだ。俺がムショを出るまで、立川には五百万を預かって貰《もら》ってたんだから、それくらいのことはしなくてはいけないと思っていたんだ」

「いやに殊勝じゃないか？　それで、何処へ何しに行くつもりだったんだ？」

「立川勝利が生まれ育った奥松島のK町だよ。そこの町長に会って、立川が、ずっと願っていたことを頼むつもりだったんだ」

「じゃあ、これからK町に行くのか？」

「ああ、そのつもりだ。そうだ、あんたたち二人も、俺と一緒にK町に行ってくれないか？　どうも俺は、町長とか市長とか、肩書きのある奴が苦手でね。こっちに、刑事さんがついていれば、俺も安心だからな」

「まあ、いいだろう。どうせここまで、あんたに付き合って来たんだ。一緒にK町に行ってやるよ」

と、西本が、いった。

3

刑事二人が同行していたのがよかったのか、K町の町長は三人を丁重に迎えて、仮設の町長室に案内した。

「町長さんは、立川勝利を知っているかい？」

岩井が、町長にきいた。

「ええ、この町の出身者ですからね、もちろん、知っていますが」

町長は肯《うなず》いたものの、あまりいい顔はしていなかった。面倒なことは、いやだという顔だ。それでも構わずに、岩井が、続けていった。

「立川勝利は、もう亡くなっているんだが、亡くなる前に、立川から聞いていたことがあってね。とにかく、それを伝えようと思って、わざわざ、ここまでやって来たんだ。聞いてくれるかい？」

「どんなことですか？」

不安げな顔で、町長がきいた。

「あいつはずっと、このK町に帰りたがっていたんだ。何しろ、立川にとって、K町は生まれ育った町だからな。詳しいことは知らないが、以前、町には迷惑をかけたことがあるんで、そのお詫《わ》びとして、K町に寄付したいといって、立川は、五百万の金を用意してたんだ。三百万をK町に寄付して、残りの二百万で自分の墓を造りたいとな。どうだい、このK町にとって悪い話じゃないだろう？　それに、立川勝利という男は、いいヤツだよ。そいつが五百万円を持って町に帰りたいと、ずっといっていたんだ。だから、すぐ受け入れてくれないかね？　ヤツがK町の住人だと認めてくれないか？　もし、町長のあんたが、今ここでOKを出してくれれば、俺は安心して東京に戻れるんだがな」

岩井は、睨《にら》むような目で、町長を見て、

「どうなんだよォ」

しかし、町長は、すぐには返事をしなかった。

「どうなんだ、町長さんよォ」

と、岩井が、おどかした。

「正直に申し上げますと、立川勝利さんの件は、実は町として、いろいろと難しい経緯がありましてね。はい、分かりましたと、そう簡単にはお答え出来ないんですよ。まず関係者に相談しなければなりません。ですから、答えは、少し待っていただけませんか？」

町長が、丁寧な口調でいう。

「相談？　どうして、相談なんかしなくちゃいけないんだ？　三百万ものお金を、立川は、この町に寄付するといってるんだよ。この町だって小さな町じゃないか？　もちろん、金だって必要だろう？　だったら、町長のあんたの一存でＯＫしちゃえばいいじゃないか？　簡単なことなんだからさ」

「ですから、この問題は今も申し上げたように、私の一存では、どうこうするわけにはいかないんですよ。こういうことは、町中でちゃんと話し合って、きちんとしなくてはいかんのです。ですから、少しの間だけ待ってくれと、申し上げているのですが、ダメですか？　お待ちいただけませんか？」

と、町長が、いう。

二人のやり取りを見かねて、西本刑事が、横から、いった。

「立川勝利さんの一家は、昔からこのＫ町の住人だったわけでしょう？　戦争中にいろいろとあって、当時の村の人たちとモメたことがあったことは、私も聞いています。しかし、死んだ立川さんも、立川さんの弟さんも、それから、立川家の人たちも、今まで遠慮をして、この町を出てから一度も帰っていなかったんでしょう。せめて亡くなったあとは、町に帰ることが出来るんじゃないか？　そんなふうに、立川さんも弟さんも願っていたに違いないと思いますよ」

さらに、日下も、味方して、

「この町の寺には、立川勝利さんのバカでかいお墓があるそうですが、それも、自分が用意する金を使って取り払って下さいと、立川さんは、いっていたんです。そのあとに、ほかの皆さんと同じ大きさのお墓を造って、そこに『立川家之墓』と彫ってほしい。遠慮がちに、立川さんは、そういっていたと聞いています。戦争が終わってから七十年も経つんですからね。私も、この町で戦争中にいろいろなことがあったことは聞いています。皆さんにしてみれば、たしかに面白くないことかもしれませんが、ぜひ、立川さん一家を、この町に迎え入れて、彼のお墓を町の寺に建てて貰えませんかね」

と、いった。

それでも町長は、しばらく考えていたが、

「刑事さんがおっしゃることは、よく分かります。ごもっともだと思いますよ。しかし、こういうことは、きちんとけじめをつけておきませんと、後になってから必ずモメることになりますからね。どうでしょう？　明日まで答えを待っていただけませんか？　近くの旅館をご紹介しますから、そこでお待ちいただけませんか？」

と、いった。

西本と日下には、町長の気持ちがよく分かった。

K町は人口も少ない、小さな町である。だからこそ、なおさら、いろいろと話し合いや根廻《ねまわ》しが必要なのだろう。

西本が代表して承知し、町長から近くの旅館を紹介して貰って、今晩は、そこに泊まることにした。

二人の刑事は納得したが、岩井は、ずっと腹を立てていた。

「何だよ。五百万もの現金があるんだから、新しい墓を造っちまえばいいじゃないか？　それが、どうして簡単にいかないんだ？　話し合いだ何だって、どうして、そんなに大げさなことになっちまうんだ？」

そんな岩井をなだめるように、日下が、いった。

「それが、この町の掟《おきて》のようなものなんだろう。あの町長にしても、誰にも相談せずに、勝手にOKを出したら、後で絶対に酷《ひど》い目に遭う。それが分かっているから、みんなで相談してから決めたいと、そういっているんだ。とにかく、明日までもう一日、待ってみようじゃないか？」

「そんなもんかねえ。それにしても、田舎というのは、どうして、こんなに面倒くさいのかね？　俺にはよく分からないけどな」

それでも、二人の刑事と一緒に町長に紹介された旅館に泊まることは、しぶしぶながらもOKした。

三人が泊まることになったのは、今回の地震の後に温泉が出たという、小さな旅館だった。

その旅館にチェックインすると、三人は、少し遅めの夕食を取ることにした。

岩井は、町長に会っていた時は機嫌が悪かったが、夕食の時にはすっかりご機嫌になっていて、ビールや地酒を何杯も飲んで酔っ払い、

「俺は眠くなった。先に寝るぞ」

と、風呂《ふろ》にも入らず、食事の途中で寝てしまった。

西本が、それを横目で見ながら、十津川に連絡した。

「現在、岩井を連れて、日下と一緒に奥松島のK町に来ています。岩井はK町の町長

に会って、立川勝利や弟たち立川家の墓を、もう一度新しく、K町の寺の墓地に建てて貰《もら》いたい。それから、立川勝利がK町の住人であることを認めてほしい。立川勝利は死ぬまでずっと、K町に帰りたいといっていたのだから、何とかして、立川勝利の最後の願いを叶《かな》えてやってほしい。そんなふうに岩井はしつこく、町長に頼み込んでいました」

「なるほど。それで、町長はOKしたのか？」

「それが、町長は、そういう重要なことについては、自分一人の考えでは決めるわけにはいかない。町の有力者と話し合って、明日までに結論を出したいので、待ってほしいと、いっています。そこで、明日の朝まで、町長の紹介してくれたこの旅館に泊まることにしました。岩井も同じように、この旅館に泊まることを承知して、今まで酒を飲んでいたんですが、酔っ払って寝てしまいました。最初は、町長が簡単にOKしないことを盛んに怒っていましたが」

「町の寺の墓地には、おそらく今でも、バカでかい墓石が建っているんだろう。墓石というよりも、あれは、いわば顕彰碑だな。あのバカでかい顕彰碑を壊すにしても、やはり、町民全員のOKがいるんだろう」

と、十津川が、いった。

翌朝、二人の刑事は、旅館で朝食を済ませると、岩井と一緒に、再び町役場を訪ねていった。

すぐには町長は現れず、応接室でしばらく待たされた後、町長室に案内されると、そこには町長のほか、町の有力者と思われる老人が三人も顔を並べていた。

一人は町議会の議長、もう一人は同じく町議会の副議長、そして、最後の一人は、元町長だった。その中では、町長がいちばん若そうに見えた。

まず三人を代表する形で、町長が、

「ここにいる皆さんが、立川勝利さんや立川家の人間のことで、あなた方に質問をしたいといわれているのです。立川家の人たちをK町の住民として迎え入れるかどうかということについては、何としても、納得する必要がありますので、申し訳ありませんが、この人たちの質問に正直に答えていただきたいのです」

続いて、七十代と思える町議会の議長が質問する。

「このK町の出身者である立川勝利さんがここを離れてから、すでに七十年という長い月日が経っています。一口に七十年といいますが、長い時間ですよ。それで、皆さんにおききしておきたいのですが、その七十年の間に、立川勝利さんが警察に逮捕されたり、あるいは、何か反社会的な事件を起こされたことは、一度もないでしょうね？　これは、ひじょうに大事なことなので、正直に答えてください」

議長は、こちらの三人を見てきく。

岩井が硬い表情になり、西本たちの顔を見た。岩井は立川勝利と二人で、暴力団に頼まれて飛行機でフィリピンのS島から日本に麻薬を運んだことを思い出したのだろう。

これはもちろん、誰が見ても明らかな犯罪行為である。議長の質問に対して、そのことを今、ここで話していいものかどうか、岩井は迷っているんだろう。だから、西本たちの顔色をうかがったに違いない。

岩井が、何もいえずにいると、西本は、ニッコリして、

「われわれは警察の人間です。立川勝利さんは、このK町を離れていた七十年間、犯罪的なことは何一つやっておりません。それは、われわれ警察が証言します」

「そうですか」

と、町長は、ほっとした表情になって、

「立川さんは太平洋戦争の時、海軍の航空兵でしたが、その海軍から特攻出撃をして、立派な戦果を挙げて亡くなりました。そこで、軍神として顕彰してほしいと海軍から連絡があって、顕彰費用もちょうだいし、立川さんは立派な軍神になられたのです。

ところが、実際には、立川さんは特攻では死ななかった。それから、立川さんに対する当時の村人の態度が厳しくなりましてね。中には、死にぞこないとか、怖くなったので、特攻に出撃しておきながら、わざと不時着して死ななかったのではないかという、そんな声まであって、立川家の人たちは居たたまれなくなったのか、終戦後、自分たちのほうから、当時のK村を去っていったのです。ただ、海軍から贈られた費用で作った、あの大きな軍神のお墓だけが村の寺に残りました。その後、その大きな墓石は不名誉なので、取り壊してしまおうという話もあったのですが、壊すのも大変なので、何とか、現在に至っておりました。しかし、すでに戦争が終わって七十年、平和になった今の世の中には、もちろん、軍神も特攻もありません。K町でも、その間のことを知らない町民が多くなりました。そこで、町の総意として、立川勝利さんや立川家の人たちを町に迎え入れることに決定いたしました。実際には、立川勝利さんも立川家の人たちもすでに亡くなっておられるので、町の寺に新しく立川家の墓を造って、供養し、立川家を迎え入れた証拠とすることにしました」

町長は、厳かな調子で、いった。

4

これで、小さな儀式が終わった。岩井は、そのあとも、相変わらず腹を立てていた。

「どいつもこいつも気取りやがって。立川が帰りたいっていっているんだから、さっさと町に迎え入れればいいんだ。簡単なことじゃないか？　三百万の寄付だってあるんだ。さっさとバカでかい墓石を取り除いて、その後に新しい墓を建てれば、それで万事、万々歳になるじゃないか？」

と、いい続けた。

その岩井も、いいたいことをいい終えると、それで気が済んだのか、

「俺の役目が終わったんで、これからはノンビリと、五百万を使って遊び歩くぞ」

と、急いで帰ろうとする。西本と日下の二人の刑事は彼を尾行しつつ、東京に帰る新幹線の中から十津川に連絡を取った。

「何とか、K町が立川勝利さんと立川家の人たちを、受け入れてくれることになりました。町長をはじめ町の長老のような人たちが集まって、ちょっとした儀式でした。やっぱり、こういう小さな町では、そういう儀式が必要なんでしょうね」

「そういうものだろう。ところで、岩井はどうした？」

と、十津川が、きいた。

「K町の人たちが、モタモタしているといって、話が決まった後も一人で、怒っていましたが、今、帰る途中です」

「それで、K町の町長は、立川家の人たちを受け入れると約束したんだな？」

「町長も、町のお偉方たちも受け入れることを約束しました。かつて『軍神立川勝利之墓』と彫られていた、町の寺にあるバカでかいお墓は、立川勝利さんが用意した金が町に入れば、その金を使って取り除くことが出来るのだそうです。その後に、ほかの墓石と同じ大きさの立川家の墓を造って、町役場の名簿に立川家の人たち、立川勝利さんや弟さんの名前を、新たに書き入れて、今回の件は全て終了ということになるのだそうです」

「それには、どのくらいの時間がかかるんだ？」

「町長は、少なくとも二ヶ月くらいはかかるだろうと、そういっていました」

「そうか、二ヶ月か」

と、十津川は、肯《うなず》いた。

「全てのことが終わったら、警部は、K町に行かれるおつもりですか？」

西本が、きいた。

「ああ、もちろん、行くつもりでいる。今回の事件の始まりはK町だからな。事件が解決したら、最後に一度は、行かなくてはならないだろうね」

十津川が、いった。

5

立川勝利を殺した犯人の二人は、S組の幹部だというが、その連中の逮捕で、一応、十津川たちの捜査は終了した。

捜査本部が解散した後、十津川は、「ジャパン21」に記事を書いているフリーライター、森田に電話をかけた。

「森田さんが気にかけておられた立川勝利の件ですが」

十津川が、いうと、森田が、

「テレビのニュースで見ましたよ。何でも、立川勝利さんを殺した犯人が逮捕されたそうですね？」

「容疑者二名を逮捕しました。彼らが犯行の全てを自供したので、殺人事件としてのわれわれの捜査は、全て終了したことになるんですが、おそらく、森田さんは、立川勝利さんが、生まれ故郷の奥松島のK町に帰れるかどうか、K町の寺に、立川家の新たな墓が建つことになったのかどうか、それが、気になっているんじゃありませんか？」

「実をいうと、そうなんですよ。事件の捜査を担当していた十津川さんには申し訳ないんですが、殺人事件のことよりも、今、十津川さんがいわれたことのほうが気になっていましたからね。実際にはどうなったのですか？」

「K町は、ああいう小さくて古い町ですからね、もう一度、立川兄弟や立川家の人たちを町の一員として迎え入れていいのかどうかということは、町長にいわせれば、町にとって、簡単に結論を出すことの出来ない大変な問題だそうですよ。それで、話を通すために、町の有力者たちが集まって、ちょっとした儀式がありました。その儀式が無事に済んだことで、立川家の人たちが、K町に帰れることが、やっと決まりました。ただし、お墓についても正式に解決することになりました。ただし、問題が全てクリアするまでには、まだ少しばかり時間がかかりそうです」

「それは、どのくらいの時間がかかるんでしょうか？　私としては、もう一度、K町に行って、あの海岸近くの寺の境内で、立川家のお墓がどうなったのか、それを自分の目で見てみたいと思っているんですが」

「K町のほうでは、最低でも二ヶ月はかかるだろうといっています」

「そうですか、二ヶ月ですか」

「それで、森田さん、新しい墓が出来上がったら、私と一緒に、もう一度、K町に行ってみませんか？」

と、十津川が、誘った。

「ええ、もちろん行きますとも。ぜひ、ご一緒させてください」

森田が、いった。

6

二ヶ月とさらに十五日がかかって、新しい墓が出来上がったという知らせが、十津川のところに、あった。十津川が、墓が出来上がったら知らせてほしいと頼んでおいたのを、K町の役場の人間が覚えていてくれたのだ。

そこで、十津川は亀井と一緒に、フリーライターの森田を誘って、奥松島のK町に行くことにした。

東京駅で落ち合って、新幹線「はやて」で、まず仙台に向かう。

森田は、プロ用の大きなレンズのついた一眼レフのカメラを持って、いかにも嬉《うれ》しそうである。

「東日本大震災が起こった後、東北の被災地に取材に行った時、K町で寺の建物が全部流され、墓だけが建っている光景を見たんですよ。あの時のことを、昨日のことのように思い出します。あれは、あまりにも異様な光景でしたから」

新幹線を仙台で乗り換えて松島まで行き、そこからはタクシーを拾って、K町に向かった。

三人は、すぐ町役場には行かず、海岸近くの問題の墓地に向かった。墓地の近くでタクシーを降りた。

海から吹いてくる風が強く、厳しく、冷たかった。

墓地には、あの時と違って、誰の姿もなかった。

三人はまず、墓地の中で新しい立川家の墓を探した。

森田を驚かせた、あの大きな墓石は無くなっていた。かつて、「軍神立川勝利之墓」と彫られていた墓である。

その代わり、真新しい、ほかの墓石とほとんど大きさが変わらない墓が、そこには建っていた。

墓石の表面には「立川家之墓」と彫られている。そして裏側には、両親と、立川勝利、立川安男という兄弟の名前が、それも戒名ではなく、本名で書かれていた。

十津川にとって、何よりも嬉しかったのは、その墓に、真新しい花が供えられていたことだった。

十津川たち三人も、ここに来る途中で買ってきた花を、それぞれ手向け、線香に火をつけた。

「不思議な気がしますね」

森田が、持ってきたプロ用のカメラで新しい墓石を写しながら、十津川にいった。

「何がですか?」

「七十年ですよ」

と、森田はいう。

「立川勝利さんのことですか?」

「ええ、そうです。立川勝利さんは特攻で出撃したということで、一時、軍神として当時の村人たちの大歓迎を受けました。ところが、ちょっとした手違いから、彼と彼の家族は、生まれ故郷のK村を追われることになってしまった。そのまま、時間ばかりがどんどんと過ぎていって、戦後七十年もの月日が経ってからやっと、立川さんは、自分の生まれ故郷の町に帰ってくることが出来たんですよ。しかし、立川さんは、すでに亡くなっている。そこまで帰ってくるのが、あまりにも長すぎました。遠すぎた道のりだったんじゃありませんか？」

「七十年ですか。たしかに、長すぎた旅でしたね」

と、十津川が、いった。

7

森田が、いった。

「実は、ここに来る前、『ジャパン21』の編集長から、今回の立川勝利さんの話や、戦争中の特攻の話なんかを、特集記事として大きく取り上げたい。だから、そのつもりでいろいろと取材してこいといわれましてね。それで、K町の中で、立川家がどんなふうに扱われてきたか、町民たちが、立川家のことをどう見ているのか、それをこの目で確かめてみたいのですよ」

と、いった。

K町は、東日本大震災の以前は、ひなびた静かな漁村だった。それが、今回の東日本大震災の際、特に大津波に襲われ、漁村は跡形もなく消えてしまった。

漁村の多くの船が流され、家を壊されて、町は海辺に作られていたのに、今では高台に移動して、仮設住宅ばかりの町になってしまい、町役場もいまだに仮設である。

「今もその通りなのか、写真に撮りたいのです」

と、森田が、いった。

K町はまだ、仮設のままである。

森田は、盛んに仮設の町を写真に収めている。

立川の弟の妻にも連絡したが、彼女は、K町の住人にはならず、東京で生きていくということだった。

最後に、三人は、仮設の町役場に行き、町長に会って、今回の立川勝利のこと、それから、今後、K町は、どうなっていくのかをきいた。

立川兄弟は、亡くなったものの、立川家の親戚《しんせき》がいて、彼らもK町を離れていたのだが、今回、久しぶりにK町に戻ったという。

森田は、彼らが仮設住宅の前にいるところを何枚も写真に撮り、また、町長や町の有力者たちの写真も撮って満足していた。

本作品はフィクションです。実在のいかなる組織、個人とも、一切関わりのないことを付記します。（編集部）

本書は二〇一四年十一月、小社より刊行されました。

郷《きよう》里《り》松島《まつしま》への長《なが》き旅路《たびじ》

西《にし》村《むら》京《きよう》太《た》郎《ろう》

平成29年 9月25日　初版発行
令和6年 12月15日　4版発行

発行者●山下直久

発行●株式会社KADOKAWA
〒102-8177　東京都千代田区富士見2-13-3
電話　0570-002-301（ナビダイヤル）

角川文庫 20527

印刷所●株式会社KADOKAWA
製本所●株式会社KADOKAWA

表紙画●和田三造

●お問い合わせ
https://www.kadokawa.co.jp/（「お問い合わせ」へお進みください）
※内容によっては、お答えできない場合があります。
※サポートは日本国内のみとさせていただきます。
※Japanese text only

ISBN978-4-04-105832-9　C0193

角川文庫発刊に際して

角川源義

第二次世界大戦の敗北は、軍事力の敗北であった以上に、私たちの若い文化力の敗退であった。私たちの文化が戦争に対して如何に無力であり、単なるあだ花に過ぎなかったかを、私たちは身を以て体験し痛感した。西洋近代文化の摂取にとって、明治以後八十年の歳月は決して短かすぎたとは言えない。にもかかわらず、近代文化の伝統を確立し、自由な批判と柔軟な良識に富む文化層として自らを形成することに私たちは失敗して来た。そしてこれは、各層への文化の普及滲透を任務とする出版人の責任でもあった。

一九四五年以来、私たちは再び振出しに戻り、第一歩から踏み出すことを余儀なくされた。これは大きな不幸ではあるが、反面、これまでの混沌・未熟・歪曲の中にあった我が国の文化に秩序と確たる基礎を齎らすためには絶好の機会でもある。角川書店は、このような祖国の文化的危機にあたり、微力をも顧みず再建の礎石たるべき抱負と決意とをもって出発したが、ここに創立以来の念願を果すべく角川文庫を発刊する。これまで刊行されたあらゆる全集叢書文庫類の長所と短所とを検討し、古今東西の不朽の典籍を、良心的編集のもとに、廉価に、そして書架にふさわしい美本として、多くのひとびとに提供しようとする。しかし私たちは徒らに百科全書的な知識のジレッタントを作ることを目的とせず、あくまで祖国の文化に秩序と再建への道を示し、この文庫を角川書店の栄ある事業として、今後永久に継続発展せしめ、学芸と教養との殿堂として大成せんことを期したい。多くの読書子の愛情ある忠言と支持とによって、この希望と抱負とを完遂せしめられんことを願う。

一九四九年五月三日

角川文庫ベストセラー

角川文庫ベストセラー

裏切りの中央本線　西村京太郎

大学時代の友人と共に信州に向かうことになった西本刑事。しかし、列車で彼と別れ松本に着くと殺人事件が起こる。そこには、列車ダイヤを使ったトリックが隠されていた……他5編収録。

青森ねぶた殺人事件　西村京太郎

青森県警が逮捕した容疑者に、十津川警部は疑問を持つ。本当に彼が殺したのだろうか……公判の審理が難航しているとき、第3の殺人事件がねぶた祭りの夜に起こった！　すべてを操る犯人に十津川が迫る！

青梅線レポートの謎　西村京太郎

中野で起こった殺人事件。数か月前、同じ言葉を口にしていた女性も行方不明になっていたことが判明する。彼女の部屋には、ロボットが残されていたが、十津川警部が持ち帰ったところ、爆発する。

殺意の設計　西村京太郎

新進の画家の田島と結婚して3年たったある日、夫の浮気が発覚した。妻の麻里子は、夫の旧友である井関に相談を持ち掛けるものの、心惹かれていく。3人で集まった際、田島夫妻が毒殺される——。

神戸25メートルの絶望　西村京太郎

神戸・異人館街観光中に一組の夫婦が失踪。夫は25メートルの円の中心で惨殺された。十津川は、被害者と同じツアーに参加していた4人の男女が阪神・淡路大震災の被災者だと突き止めるが……。